KB231490

할말이 너무 많아 오히려 말 못할 사연

할말이 너무 많아 오히려 말 못할 사연
박정원이 만난 별난 여자 별난 남자

펴낸날 ▪ 1999년 12월 10일 1판 1쇄
1999년 12월 20일 1판 2쇄

글 · 그림 ▪ 박정원

펴낸이 ▪ 김혜숙
펴낸곳 ▪ 도서출판 참솔
등록번호 ▪ 제8-244호
등록일 ▪ 1998년 5월 13일
주소 ▪ ㉾ 121-718 서울시 마포구 공덕동 404 풍림빌딩 521호
대표전화 ▪ 3273-6323 | 팩시밀리 ▪ 3273-6329
E-mail ▪ salamand @ unitel. co. kr

ⓒ 박정원, 1999
ISBN ▪ 89-88430-06-9 03810

값 ▪ 7,000원

할말이 너무 많아 오히려 말 못할 사연

박정원이 만난 별난 여자 별난 남자

글·그림 | 박 정 원

참 솔

내가 만난 박정원

내가 박정원 씨를 알게 된 것은 20년도 더 전의 일이다.

그런데 어느 날, 박정원 씨가 소설을 쓰겠다고 했을 때 나는 말렸다.

사업에 성공했으면 됐지 작가라는 타이틀까지 가지려 하는 것은 지나친

욕심이라고 했다. 그후 대학노트 꾸러미를 들고 왔다갔다하길래 정말

쓰는가 보다 했는데 얼마 후 책을 보내왔다.

그 책을 읽으면서 나는 그녀가 어떤 방법으로든지 연소시키지 않고는 못 배길

불덩이를 지닌 사람이란 걸 알게 됐다.

그리고 『바람과 함께 사라지다』의 비비안 리를 연상했다.

박정원이란 사람, 사업도 사랑도 참으로 열정적으로 했구나…….

누구의 삶엔들 곡절이 없으랴. 다만 한줌 흙에서 어떤 나무는

달고 탐스런 과일을 만들어내고, 어떤 풀은 쪽빛 색소를 빨아올려 꽃을

피우듯이, 같은 인생유전을 겪으면서도 그녀는 나름의 삶의 의미를 형상화하는

재주를 지녔다. 그 재능이 부러울 따름이다.

그런데 이번엔 그간 자신이 만난 사람들에 대하여 담담한 필치로

써내려간 『할말이 너무 많아 오히려 말 못할 사연』이라는 책을 낸다며 원고를

보내왔다.

결코 평범하지 않게 살아온 박정원 씨의 삶에 씨줄과 날줄로 얽힌 사람들이기에

그들의 이야기는 별난 충격으로 다가왔다.

또 그 속에서 엿보이는 '박정원식 세상보기'에 젖어들다 보니

어느덧 창 밖엔 가을이 떠나가고 있었다.

1999년 11월

김 재 성

『대한매일』 편집부국장

실제로, 우리는 언제나 자기 자신을 오해하고 있고,

다른 사람을 거의 이해하지 못한다. ― 오스카 와일드, 『도리언 그레이의 초상』에서

두 번째 책을 펴내면서

작지만 소박하고 진정한 나의 삶을 찾아야겠다는 생각에 첫책을 출간하고 보니,
마치 광화문 네거리의 이순신 장군 동상 앞에 벌거벗은 채 서 있는 것 같았다.
지금의 나라면 그렇게 쓰지 않았을 것이다.
그 벗김을 당연히 받아들여야 되는 보상쯤으로 각오했지만, 그 사이 내 곁을
떠난 사람도 있고, 죽어 버린 이도 있고, 또 새로운 사람이 다가와 지켜주어
나를 바꿀 수도 있었다. 상처와 소외감은 오히려 나의 시간으로 돌려져
생산적인 작업과 자신을 추스르는 데 노력을 쏟는 계기가 되기도 했다.
그후 내가 믿고 싶었던 진실은 벗겨졌으며, 그래서 나는 두 번째 절망에 빠져야
했다. 진실로 믿었던 것은 거짓과 허구로 밝혀졌고, 인간을 위해 몸바치겠다는
오만한 지성과 명분을 갖춘 사람들은 물질과 권력에 자기를 팔았으며,
어처구니없는 사건들이 권력과 금전으로 유지되고 결정되는 황당한 사건도
경험할 수 있었다.
그러나 그 음모와 노략질은 오히려 나 자신이 지금껏 살아오면서 상상할 수도
없었던 생생한 산경험이 되었고 글을 쓰는 데 새로운 소재로 익히게도
해주었다.
약속한 두 번째의 장편을 출판사에 양해를 구하고 내 주변의 아픔을 연상하여
이 글을 쓰면서 나의 아픔을 위로하려 했다. 그래서 그 음모와 함정에서
나는 빠져나올 수가 있었던 것 같았다.
그동안 나는 사방의 벽이 거울로 된 방안에서 지내야 하는 삶을 살아왔다.

그것이 좋든 싫든 나 자신의 운명을 피할 수도 바꿀 수도 없었다.
아무리 재능을 갖고 있지만 인간에게서 부족한 점만 찾아내고자 한다면,
때로 그것은 새로운 길을 걸으려는 자의 노력과 의욕을 좌절시켜 견딜 수가
없을 것이다. 인간의 한계를 초월한 위대한 예술가나 완전한 인간의 성공을
보면서 절망과 체념도 하지만, 가능하면 다시 태어나 무언가를 시작해 보고
싶은 염원을 깔고 앉아 나머지의 삶이나마 자신을 태워 버릴 어떤 것을
찾는 것이다. 원하는 것을 불같이 태울 수만 있다면 부패한 채로 썩어
묻히는 것보다야 조금은 나은 폐기처분이 될 것이다.
이제 곳곳에 숨어 있는 세속적인 사건들과 거리를 두고 심신을 평온하게
유지하여 내가 좀더 가치있는 목적으로 쓰이길 바라며, 하루하루를 유익하게
그분이 원하시는 대로의 삶으로 태워나가고 싶다. 잘 쓰지는 못해도 열심히
쓰면서 태워나갈 것이다.
그지없이 맑고 아름다운 이 하늘은 의연하고 무구한 시선으로 저속하고 사악한
인간의 익살극을 내려다보며 탄식할 것이다.
"당신이 나를 축복하지 않으시면 당신을 놓지 않겠나이다."

1999년 가을에

박 정 원

할말이 너무 많아 오히려 말 못할 사연

박정원이 만난 별난 여자 별난 남자

차례

경이로운 천재의 오해와 착각

허민은 그 친구의 이름이다. 그는 키는 작은 편이지만 단단한 근육과 넓은
이마, 오똑한 코, 약간 찢어진 듯한 눈의 조화로 이지적이게 보이기도 하고
영리한 느낌을 주기도 한다. 그는 특이한 두상을 갖고 있다. 누구나 한번
만난 사람은 반드시 기억할 정도로 꼬불꼬불한 고수머리 때문에 피부만
검다면 영락없는 혼혈아 같은 인상이다. 그는 친구들 사이에서
'고시랑머리'로 통한다.

그 고시랑머리 친구는 그때까지 내가 만난 남자 중에서 가장 박식하며
다양한 지식을 골고루 갖추고 있었다. 교육도시인 그곳의 명문고교에서도
가장 영어를 잘하는 학생이며 천재라고 소문나 있었다. 학업성적은 거의
늘 일등을 차지했고 문학, 철학, 음악, 상식문제 등에도 그 친구를 따를
사람이 없을 정도로 깊은 조예를 갖고 있었다. 단구라 구기운동은
못했지만 수영, 턱걸이, 달리기 등에서는 다른 사람들보다 두각을
나타냈다. 그는 동급생들에게는 경쟁을 초월한 경이로운 존재로 알려져
있었다. 그렇다고 해서 잘난 체하거나 우쭐거리지도 않았고, 친구들과도

잘 어울렸으며, 유머 감각도 갖추고 있어 더욱 따르는 친구가 많았고
인기도 좋았다.

그의 집안 내력 또한 그 친구를 인정하는 데 확고한 신뢰감을 주기에
충분했다. 그 지방에서 소문난 한의사인 부친이 언제나 날아갈 듯한 흰
모시한복을 정갈하게 입으신 채 약초를 썰고 계시거나 조제하시는 광경을
민의 친구들은 거의 기억할 수 있었기 때문이다. 주변의 사람들도 그
어른을 존경하며 작게 크게 신세를 진 사람들이 많다고들 했다. 그
당시에는 주로 연탄이나 장작불을 지필 때에 이미 민의 집은 아담한
양옥에 보일러를 놓을 정도로 생활 수준이 앞서 있었다.

민은 교만하지 않은 여유로움과 자신감으로 학교생활에 열성을 다했다.
선생님들도 그를 철들고 어른스러운 모범생으로 인정했으며, 학교 행사의
제반사항에 대해서 그 친구의 의견을 타진할 정도로 무슨 일을 하든 그는
뻘구덩이 속의 백조처럼 눈에 띄었다.

민은 더 이상 무엇을 추구하거나 바람이 없을 정도로 만족한 자기만의
영역을 구축했으며 그 자체에 모든 것을 바치고 있었다.

민은 토론하고 따지기를 좋아했고, 영시를 외우며 해설을 해주면서
친구들을 기죽이기도 했다. 실제로 왜소한 체구였지만 누구도 그 친구에
대해서 왜소하다고 느끼지 못했다. 계절별로 시험 때를 피해
음악감상회나 시낭송회를 주최해 미팅을 갖기도 하고, 프로 못지않은
능숙한 사회 솜씨로 여학생들의 인기를 한몸에 받았다.

그러나 지금 생각해 보면 그 친구는 그 당시에 젊은이들이 갖는 특권인 고뇌나 모험심이나 자유 속에 감춰진 체제나 사상에 대한 비판이나 미래를 추구하는 정의감과 정열 같은 것은 감지할 수 없었다는 것이 아이러니컬했다. 모두가 자기를 인정해 주기만 하면 그것으로 만족이었다. 다만 그 당시 현실 속에 자기를 던진 채 그 속에서 독보적인 존재로 군림했다. 그의 미래는 최상의 그 무엇이 보장될 것이라는 확신은 본인은 물론이고 주변 친구들도 조금도 회의하지 않았다. 현실에 놓인 자기를 최고로 만들어가고 있었던 것이다.

그때는 그 친구도 대학생활이 시작된 서울의 시대였다. 당시의 정국은 독재 타도로 들끓었고, 4·19가 일어났으며, 학생들의 시위가 전국으로 확산되어가고 있었다. 데모의 물결이 젊음의 분출로 활화산처럼 폭발하여 미래를 점치기 어려운 혼미한 정국이었다.

졸업 후 개인적인 방황과 갈등으로 나는 얼마 동안 고향 친구들의 소식을 듣지 못했다. 그런데 허민이 S법대를 가지 않고 K법대를 택했다는 소문을 들었다. 나는 의아하다는 생각을 떨쳐 버릴 수 없었으며, 그래서 더욱 궁금하고 안타깝게 여겼다.

그를 아는 누구도 나와 같은 생각을 했으리라. 그 수재는 S법대를 가기에 충분한 실력을 갖고 있었으며, 학교에서도 S법대를 추천했지만 본인의 의지가 확고해 K법대를 선택한 것이라고 했다. 그 사실은 모교를 아끼는

선배들을 상당히 실망시켰고, 모교의 명예를 떨칠 기회를 놓친 애석함을
울분으로 토하기도 했다.

당사자인 민의 설명은 이랬다. S법대는 인간의 심성을 이기적이고
냉혹하게 만들 것 같은데, K법대는 남자들의 의리와 인간의 냄새를 맡을
수 있을 것이라는 말이었다. 이것이 그로 하여금 K법대를 선택하게 한
표면적인 이유였다.

그러나 내 견해는 달랐다. 어쩌면 그것은 지금까지 타의 추종을 불허하는
독보적인 자기 영역에서 안주하고 싶은 의지의 소산이 아니었을까 하는
추측을 가능하게 했다. 그에게는 새로운 경쟁에 부딪혀서 감당해야 되는
부담과 두려움에 대한 불안보다는 좀더 여유가 있는 K법대를 선택한
속뜻이 있었던 게 아닌가 생각되었다. 말하자면 자기가 가꾸어 놓은
자신의 인격과 명예와 흠모를 수평유지하려는 의지에서였는지도
모른다고 생각되었다.

아무튼 민은 그렇게 여러 사람들에게 의구심과 실망감을 안겨주면서
K법대의 생활을 시작했다.

대학시절은 누구에게나 인격의 형성기이자 인간의 성숙으로 가는
숙성기인지라 모두들 민에 대한 행적에 크게 관심이 없었고, 민 또한
평범한 대학시절을 보내고 있었다. 당시 우리는 그것이 이상하게
느껴지지 않을 정도로 자기 자신의 미래에 대해 깊이 고민하고 있었다.
허민에게 수수께끼 같은 이유가 그것인지는 몰라도 사회인으로 모두가

열심히 뛰고 있던 어느 날 나는 취중에 그가 내뱉는 최초의 피해의식과
자신감에 대한 파열의 고백을 들었다. 그때 나는 어느 한 순간의 사건으로
인생의 갈림길이 턱없이 바뀌어질 수도 있겠다는 생각을 하게 되었다. 그
작은 사건이 그의 대학 선택에서부터 잃어버린 자신감의 표출이 적용된
시점이 아닌가 싶었다.

졸업이 임박할 즈음, 미래에 대한 선택과 현재의 영광에서의 이별이라는
행사를 목전에 두고 고민하고 있을 때 뭔지 모르게 엄습해 오는 미지의
세계에 대한 도전의 불안이 그로 하여금 다른 친구들처럼 용기를
심어주어 사랑하는 여자와의 동행을 꿈꾸게 만들었던 것 같았다.

그는 평소에 자기에게 관심을 갖고 따르는 여자 친구에게 처음으로
사랑의 고백을 했다. 그 여자 친구는 무용을 하는 빼어난 미인이며 그 시대
남학생들의 흠모의 대상이었다.

그동안 민은 한 여자에게 자기를 바칠 때가 아니라고 생각했었고 다른
많은 일에 열중했었다. 선망과 흠모의 대상인 자신의 지위를 그대로
유지해야 된다는 이기적인 욕망이 다른 무엇에도 잠식당하기 싫었기
때문이다. 그는 당연히 그 여자 친구가 자신을 받아들일 것이며 오히려 그
여자 친구에게도 자랑스러움을 안겨줄 것이라고 생각하면서 그래프
용지에 스케줄을 그려넣듯이 서울에서의 체계적인 설계를 당연히
설명하기도 했다. 조용히 끝까지 듣고 있던 그 여자 친구가 이렇게 말했다.

"나에게는 사랑하는 남자가 있어. 너같이 완벽하고 똑똑한 남자는 나에게

맞지 않아. 자신도 없고 불편해. 나는 편안하고 나를 사랑하고 두 사람의 인생을 열심히 생각하는 그 친구를 사랑해. 미안해. 그리고 고마워."

그 여자 친구의 애인은 평범한 시골 기차 통학생에다 이름도 잘 기억하지 못할 정도로 얌전하고 평범한 친구였다. 그는 언젠가 백일장에서 금상을 받은 것으로 알려지기도 한 친구였다.

민은 태연한 표정을 지으려고 애썼다. 그 순간의 충격을 번개같이 잽싸게 감추는 능력을 발휘하였고, 그 황당무계한 상황을 자기 논리에 입각시켜 당위성을 스스로 인정하려 했다. 그러나 현실적으로는 자존심의 모멸로 저항력을 잃은 채 흐물흐물 주저앉으려 했다.

그 순간 민은 오랜 세월 고고히 서서 지켜주던 고목이 피할 겨를도 없이 자기를 향해 덮쳐오는 것 같은 다급함과 낭패감에 휩싸였다.

관자놀이까지 피가 쏠리는 경련으로 전신의 힘이 빠져나가는 허탈감이 엄습했고, 모든 존재가치에 대한 확신과 자신감들이 장마홍수에 떠내려가는 철 지난 허수아비 흉상같이 처참하게 떠내려가고 있었다.

그 거절은 모멸감과 배신감으로 자존심을 난도질했으며 자책으로, 또 다른 자기 실체에 대한 두려움으로 K대를 선택한 것이 아닌가 생각되었다.

그 당시 서울서 대학을 다니던 친구들은 권위나 체제에 대해 공격적으로 반항하면서 시위에 가담한 뒤 고향으로 피신하여 내려가거나 서울의 곳곳을 전전한다는 소문이 자자했다. 그 소문은 마치 새벽 안개에 점령된 도시처럼 철저한 함구 속에 표정과 손짓으로 소식을 전하며 숨겨주고

있을 때였다. 불가능한 현실과 대결하기를 포기하고 자기를 지키려다 생긴 온갖 상처들로 존재에 대한 절망을 싸안고 어두운 구석방에서 어렵게 목숨을 부지하던 때쯤이다.

그때도 그는 아무에게도 소식을 알리지 않은 채 조용히 잠적해 있었고, 친구들의 기억에서 지워질 정도로 오리무중이었다.

그런데 인생에 회한을 갖느니 차라리 절망하는 게 낫다는 그가 잘 쓰는 지론을 따른 것인지 태풍이 휩쓸고 지나가는 듯이 학교생활도 표면적으로는 평온을 찾을 때쯤, 민이 다시 모습을 드러냈다. 그는 고향 친구들 사이에 다시 나타나 그 박식한 실력으로 따지고 큰 소리로 설교하며 마르크스, 레닌을 비판했고 셰익스피어를 설파했다. 유년시절의 투명성과 영광을 되찾아 삶의 섬광을 보상하려고 노력하는 것 같았다.

그러나 이미 다른 친구들에게 그에 대한 환상쯤은 철없던 어린 시절 추억의 찌꺼기로 꽂아 놓은 쓸모 없는 교지의 한 페이지처럼 팽개쳐져 있던 상태였다. 그 당시는 모두 자신의 존재와 비존재의 무한한 부동성에 대하여 춥고 깊은 사색과 고뇌로 방황하던 때였다. 우리는 힘든 도약을 시도하려는 충동과 갈구로 몸부림치며, 또는 그보다 안정된 삶의 터전을 갈망하는 편의주의를 슬쩍 한쪽으로 숨겨 놓기도 했다.

민의 대학생활은 의외로 너무 평범했다. 무게의 희미한 흔적만 남아 있을 뿐, 그 이전의 영광과 천재성을 누구도 일깨워주지 못한 채로 과거의 추억 속에 유폐되어 버렸다. 그저 묵묵히 정밀하고 메커니컬하게 자기 세계를 음미하는 독서에 빠져 있곤 하는 것 같았다.

민은 졸업 후 그 시절 제일 인기가 있다는 직장인 은행 공채로 첫 직장을
잡은 후 공격이나 도전 없이 조용히 업무에 능력을 쏟기 위해 내적이면서
고분고분한 체제의 흉내를 내고 있었다. 주변의 친구들도 만나지 않았다.
때로 과거의 굴레에서 튀어나와 역행하려다가 현실의 막장에서 흐름을
되찾기도 하는 것 같았다.

그러나 승진에서 누락된 후, 학연과 지연의 병폐에 대하여 열 올리며
힐난하다가 자존심에 상처를 입지 않겠다고 용감히 사표를 던지고 나와
다시 대기업 공채에 합격이 되었다. 시험을 치르는 일은 그가 유일하게
인정받고 내세울 수 있는 표현 방법이었고 또한 민의 실력은 그 정도를
해낼 수 있도록 갖추어져 있었다.

한동안 그는 그 기업의 규모와 조직과 자산을 자랑하며 오랫동안 그
기업에 자기 능력을 기여할 것이라고 했다. 그리고 자신은 생산적인
창의력을 발휘하며 일하고 있고 이미 위에서는 자기를 인정하고 있다고
자신만만한 기염을 토했다.

그후 동창 모임에 나온 친구들은 민의 연락처를 놓고 서로 시시비비를
가리고 있었다. 다시 옮긴 직장은 건실한 중소기업인 전자회사이다,
아니다 하며 우기는 친구도 있었다.

그가 그 무렵 그만둔 대기업은 2세체제하의 친족경영 때문에 2세의
동창들로 포진되어 있어 승진기회가 돌아오기가 어려울 뿐만 아니라

자기의 입지와 의견을 방해하고 감시당하고 있는 입장이며, 능력을 인정받을 기회나 통로가 없기 때문에 꼭두각시놀음을 더 이상 할 수가 없어 그만둘 수밖에 없었다는 것이다.

계속 옮겨다니는 그의 설명에 친구들은 처음에는 그의 능력을 부러워했다가 차츰차츰 설득력을 잃어가면서 불안한 눈길로 민의 한계를 보는 것 같았다. 공채시험에 번번이 합격되던 민은 자기의 능력과 과거의 환상에서 완전히 벗어나지 못한 채 자기의 영광의 자리를 찾기에 끝없는 시도와 방황으로 도전하려 하고 있었다.

그 중소기업은 착실한 전자제품 상장업체로, 새로운 기술개발과 신제품 생산에 중점을 두고 있었다. 한편 제품 생산라인이나 경영에는 법대 출신보다 공대 출신이 합리적이라는 견해가 지배적이었고, 기술직·기능직의 간부나 이사를 경영의 주축으로 세우려고 장려하는 한편 경영의 마인드도 상대 출신에게 맡겨두고 있는 실정이었다.

그는 자기 외에 다른 사람의 인지도와 비교되는 지적 박탈을 이해하지 못했고, 소외되는 자신을 참지 못하고 모멸감으로부터 벗어나지 못한 채 사소한 사건 때문에 사표를 내고 말았다.

그후 그는 매일 혼자 술을 마신다고 했다. 고독이라는 중압감 속에서 그에게는 그 조직들이 감옥이나 지옥같이 느껴졌으며, 그를 둘러싼 벽의 두께와 싸늘함을 절망적으로 받아들이고 죽음까지도 생각했다고 토해 내기도 했다.

나는 불의와 타협하질 않고 실력을 인정받을 기회를 찾지 못해 떨치고 나온다는 민의 말을 믿고 내가 잘 아는 대기업의 회장님께 그를 추천한 적이 있었다. 인성과 인물을 중히 여기는 재벌기업의 회장님께 그의 실력과 정직함과 통솔력과 강직함을 얘기하며, 내가 보았던 학교생활의 전부를 설명하고 그를 보냈다.

그 회장님은 특별히 그를 면접했다. 그는 다른 회사의 낭비적인 요소와 불필요한 지출의 명세를 지적하며, 자기는 그런 부정의 뿌리를 꼬집어 내다가 인맥에 밀려 자리를 옮겨다닐 수밖에 없었다고 설명했다.

그의 달변에 감동한 그 회장님은 그를 전격적으로 영업부장의 자리에 채용했다. 그는 실적평가에 따라 이사 자리에까지 오를 수 있다는 보장을 받으면서 출발했고, 회장의 특채라 상당히 좋은 조건과 인정도를 얻고 들어갔다. 그리고는 3~4년을 잘 지내고 있는 줄 알았다. 신제품 이벤트에 초청도 받았고, 회장님을 가까이에서 잘 보필하는 것 같아 나는 보람을 느끼며 마음놓고 있었다.

그런데 어느 날 급하게 보내온 그의 전갈에 별다른 생각도 없이 그를 만났다.

민은 더욱 왜소해 보였다. 헐렁한 남방은 그 안의 딱딱한 육체와 따로 노는 것처럼 걸쳐져 있었다. 다만 눈빛만은 번쩍였다. 그렇다고 하더라도 불필요한 눈짓을 계속하는 것이 여간 신경 쓰이는 게 아니었다.

민은 걷어올린 양복 소매 밑으로 여윈 두 손을 휘저어가면서 나를 설득하고 납득시키려 전력을 다했다. 지금 그 기업의 구조는 절망적이며 회생할 가능성이 전혀 없고 얼마 못 가 부도가 난다는 것이었다.

자기는 죽을 힘으로 최선을 다했지만 한 개인의 힘으로 완전히 허상인 그 기업을 일으킬 방법은 없다는 것이었다. 그는 그곳에서도 언제나 제일 먼저 출근을 했다. 모든 업무에 철저히 세밀하고 섬세하게 따지고들어 전등 하나는 물론이고 수도꼭지의 누수까지 지적하며 지출을 줄이려고 노력한 그였다.

그러나 원천적으로 노후된 기계설비 때문에 좋은 제품이 만들어질 수 없는 상태에서 경쟁력은 떨어지고 생산성이 전혀 없다, 이자는 하루에 10억여 원이 나가고 있으며 그 이자는 은행에서 다시 빌려 메워나가기 때문에 현실적으로 전기 요금도 못 낼 정도로 막다른 곳으로 침몰하고 있다, 따라서 그 기업은 완전히 용두사미로 명분만 끌고 나가는 허구 자체이다,라는 내용이었다.

회장은 기술축적이나 시설보완이나 생산성 자체보다 그날그날 자금 조달을 위해 모든 시간을 로비에 바쳐야 하기 때문에 실제 경영이나 비전에 관심을 가질 정신적인 여유가 없다고 했다.

허민은 하루하루 침몰해 가는 회사의 운명을 느끼고 자기의 입지를 고민하고 있었다. 자기는 다시 한 번 고독해지지 않기 위해서 그 공포에 휩싸이기 싫어 식은땀을 흘릴 정도로 모든 것을 쏟아넣었단다.

자기 스스로라도 뭔가 이루어내기 위해 모든 정열과 노력을 기울였으나 그 노후되고 낡아 침몰해 가는 선체로는 그의 미래를 보장할 수도 지탱할 수도 없다는 결론을 내리게 되고 다시 새로운 길을 찾아야 된다는 강박관념에 시달린다고 했다.

나는 처음 그 기업의 침몰 소식에 너무 놀랐고 변함없는 회장의 사회적인 지명도 때문에 그 사실들이 믿어지질 않았다. 그러나 실질적으로 영업을 맡고 있는 그의 말을 믿지 않을 수도 없었다.

"나는 더 이상 참을 수가 없어. 그리고 나에겐 시간이 얼마 없다구."

나는 그의 말에 부담을 느꼈다. 나는 뭔가 잘못을 저질러 낭패를 본 자책감으로 얼굴이 벌겋게 달아올랐다.

"그러나 잘 생각해서 결정해. 크게 자신에게 치명적으로 손해가 없다면 어려울 때 그 회장님을 좀 도와드려."

무게나 비중이 더 큰 그 회장의 자상한 모습이 떠오르고 턱에 닿지도 않는 안쓰러움에 나라도 나서서 도와주고 싶은 충동에 빠져들었다.

그러나 강요할 수는 없었다. 가족이 있는 그에게 무작정 끝까지 지키라고 부탁할 수도 없었다. 그 중량은 확실한 책임으로 나를 숨막히게 했다.

그러나 일주일도 못 갈 것이라는 그 기업은 그후로도 20년 이상을 버텼고 굵직한 외국기업과 제휴하기도 했다. IMF 이후에야 드디어 워크아웃되는 기업에 포함되었다.

그후 만나본 그는 더욱 늙어 보였다. 몸이 여위어서 낡은 양복 속에 헐렁하게 떠 있었다. 체구는 더욱 작아진 것 같았고 그의 꼬불꼬불한 머리는 흰머리가 섞인 후 더욱 달라붙어 거의 없는 것처럼 보였다.

그래도 그의 동창 중 착실한 중소기업의 회장이 있어서 민을 자기

회사에서 근무하게 했다. 그 회장은 어릴 적 민을 인정하려 했고 심심찮게

박식한 고향친구인 그를 자기 곁에 두고 싶어했다. 그러나 지나치게

결벽한 민은 회장을 위해서 노력한다는 것이 오히려 일을 그르치고

말았다. 사사건건 회장에게 회사 분위기를 직설적으로 보고했고, 처가

쪽의 임원들과 대립관계가 되어 완전히 고립되었다. 그래도 그는 그

회장인 친구를 위해 타협하지 않고 몸 바쳐서 따돌림과 모욕적인 대우를

감수하면서 회사를 지키려 노력했다.

즉각적으로 보고되는 회사의 시시콜콜한 사건들에 연루가 되는 전 임원은

민을 터놓고 경계했으며, 모든 실책을 민에게 떠넘기려 고의로 사건을

만들고 그 책임을 전가시켰다.

민의 지나친 관심과 간섭이 전직원의 사기와 의욕 그리고 창의력을

떨어뜨린다는 항변은 회장을 난처하게 만들었다.

지나치게 완벽하고 결벽증이 있는 그는 그 틈바구니에서도 열심히 회사의

부조리와 틈새를 막으려 했다. 그러나 회장이 지병으로 쓰러지면서 처가

쪽으로 운영권이 넘어가자 다른 직장으로 옮길 여유도 없이 실직자가 된

것이다.

천재가 아니었던 민은 결국 사회생활의 잔인한 경쟁에서는 능력과

통솔력을 인정받지 못했다.

민이 직장을 전전하는 동안 친구들은 대기업의 공채에서 사장까지 승진한 경우도 있고, 사회적으로 인정받는 명사가 된 경우도 있었다. 그 친구들은 사람을 좋아했고, 의리가 있었으며, 이해관계를 따지기보다는 한 곳에 뿌리를 내리기 위해 최선을 다했으며, 적당히 타협할 줄도 알았고 상사에게도 눈치껏 보필을 하여 자기 몫을 다져나갔을 것이다.

학교 다닐 때 실력을 인정받지 못한 친구도 중소기업에 들어가 열심히 일하더니 외국 합작회사의 전무로 발탁되었다. 그후로 그 회사의 기둥이 되어 모든 것을 보장받고 공로주를 받아 자기의 노년을 설계해 놓은 상태였다. 그들은 명퇴나 퇴사를 했더라도 생활이 안정되어 있고 자기 시간을 즐기는 여유를 가지며 오히려 자기다운 제2의 인생을 설계하는 기회로 삼으려 했다. 한 곳에서 직장을 지킨 친구들은 거의가 확실한 자리를 잡았고 그 분야의 기술자로서 선두주자가 되어 있었다.

그러나 허민은 그동안 자기의 능력과 과거의 영광을 되찾기 위해 전전하면서 변변한 집 한 칸 마련하지 못한 채 가족들에게는 불안과 혼란만을 심어주었다. 또한 가장으로서 느낄 수 있는 여유와 평온함과 화목함을 맛볼 수 없는 세월들을 보냈다.

이제는 또다시 민을 필요로 하는 시험은 없었고, 오라는 곳도 갈 곳도 없었다. 이젠 모두 나올 때가 되어 버린 것이다. 그리고 그에게 남아 있는 것은 아무것도 없었다. 가족의 무게만 자기 어깨를 짓누르고 웅크리게 만들고 있다는 것을 그 왜소한 체구로 실감하게 되었다.

알뜰한 아내 덕으로 아이들을 교육시키고 가정의 질서를 유지해 오기는 했지만 이젠 늦은 밤 자기 방에서 고전음악을 듣거나 친구들을 모아 놓고 따지고 큰소리치는 민을 만날 수도 없었다. 그는 동창회에도 나타나지 않았다. 더 작은 전셋집으로, 더 먼 곳으로 집을 옮기면서 생활을 영위해 나가기에 급급했고, 대학생이 된 두 아이들의 교육비를 위해 무슨 짓이라도 해야 된다는 절박함만 밥상 위에 차려져 있었다.

그의 새로운 명함은 보험회사 지부장으로 바뀌었다. 그의 경력으로 충분한 자격이 되었지만 그 친구의 얼굴을 보고 보험을 들어주는 동창과 주변 사람들은 그리 많지 않았다. 누구나 불안하게 살고 있는 IMF 때에도 더 이상 주변의 신세를 지고 살아가야 된다는 사실이 그를 더욱 처참한 허탈 속으로 빠지게 했다.

이젠 왜소하고 초라한 그는 머리털이 뭉텅뭉텅 빠져나갔다. 모두가 그를 정상으로 보질 않았다. 추락한 그 친구를 이해하기보다 맹렬히 비난하고 울화가 치밀어오르는 듯 욕을 하고 있었다. 지나친 결벽과 독보적인 주장과 판단이 병적으로 다른 사람들에게 피해를 주었다는 것이다.

그 다음 명함은 정수기 판매였다. 이제 모두 그를 피하기 시작했고, 전화를 받으면 시간이 없다고 하고 찾아가면 싼 점심을 사주면서 자기의 사정을 설명해서 돌려보냈다. 그 다음은 은행 채권 해결사, 그 다음은 카드 회사 수금사원으로 수시로 바뀌어가고 있었다.

어느덧 그는 깨어난 현실로 돌아와 상상치 못했던 다른 세계로 표류되어 흘러다녔다. 누구도 근간에 그를 본 사람이 없었다. 들려오는 소문은 이랬다.

"그 친구 정신이 이상해진 것 같아. 아니 치매가 왔대. 사람을 잘 몰라본다는데."

지하철에서 얼굴을 보고도 몰라본다고들 했다.

그 모든 소문과 기억이 안개 속으로 빠져 휩쓸려갈 즈음 어느 자리에서도 애써 그의 안부나 소식을 알려고 하지 않았으며, 그에 대한 기억을 떠올리지 않으려고 애썼다. 모두들 흐릿하고 암울한 공기 속에서 애매한 상상에 깔려 부서져 버린 한 인간의 실존을 보고 있었던 것이다.

몇 번 날짜를 다시 잡다가 모처럼 일정을 짜맞춘 우리 일행은 강원도 오대산으로 새벽산행을 강행했다. 지친 다리를 쉬기 위해 내려오는 중턱에서 우리는 나무판자로 얼기설기 엮어 놓은 찻집으로 들어갔다. 살림집 방과 붙어 있는 주방에서 나온 주인여자는 60이나 되어 보였고 헐렁한 치마에 까맣게 그을린 발을 슬리퍼에 밀어넣은 채 차를 나르고 있었다. 별로 배운 것이 없는 듯이 호구지책의 그 생활에 큰 불만도 없는 듯 태연하고 무표정했다. 맑은 공기를 마시며 높은 산 중턱을 오르내려서 그런지 검게 탄 피부는 단순하고 건강한 여자로 보이게 했다.

인기척에 돌아보니 뒷문 쪽에 열린 주방 바닥에 사람의 그림자가 보였다. 아주 작고 여윈 체구와 등으로 보아 얼핏 아들인가 싶었다. 그러나 굽은 어깨선은 아이가 아닌 쪼그라든 어른의 등이었다. 주인여자의 남편인 듯 검은 모자를 깊숙이 눌러쓰고 나무통을 매고 들어오다 힐끗 돌아보는 그 남자의 표정 없는 얼굴은 어딘가 낯익었다. 나는 전신에 전율이 느껴질 정도로 이상한 예감 속에 빠져 기억을 끌어올리려고 애쓰고 있었다. 나의 뇌리 속에는 여러 가지의 영상이 획획 지나갔다.

순간 머릿속으로 날카롭게 찌르는 그 무엇에 다시 그쪽으로 고개를 돌릴 수도 없이 두려움으로 가슴이 꽉 막혀 조여왔다.

여위고 구부정한 좁은 어깨와 검은 모자 밑으로 삐져나온 머리털, 그것은 누구나 갖고 있는 평범한 머리카락이 아닌 고시랑머리털이었다.

엎드린 채 끌로 나무 속을 파고 있는 그 남자에게 주인여자는 약간 쉰 듯한 목소리로 크게 말했다.

"보소, 뒷담 쪽에도 전기선을 좀 끌어내주소 어두워서 내려오시는 손님들이 그냥 지나가는 거 아닝교."

"앞문으로 오면 되지 뭐."

중얼거리는 어수룩하고 분명치 않은 발음, 그 목소리, 그 음색은 어릴 때부터 듣던 것들이라 나는 서둘러 일행을 일으켰다. 아무도 눈치채는 사람이 없었다.

"빨리 가. 쉬면 더 힘들어."

내 목소리가 퍼져 들리지 않도록 입 속으로 중얼거리며 빚쟁이에게 들켜 도망치듯이 황당하게 등산가방을 둘러메었다.

"왜 그래? 인제 조금만 가면 되는데. 차는 천천히 마시고 가지."

무거운 엉덩이를 비비면서 떼어 놓으려 하질 않는 친구들을 손짓으로 흔들어 재촉하며 아무튼 나는 못 들은 척하고 그 집을 나섰다.

서울로 돌아오는 차 속에서 나는 아무 말도 하기가 싫었다. 목까지 늪에 빠진 듯한 참담함과 머릿속에 담겨 있는 딴세계에서 만나본 민의 환영이 나의 의식의 출구를 막아 놓았다.

"너, 어디 아퍼?"

"아니."

"그런데 왜, 얼굴이 그래?"

눈을 뜬 채 머릿속으로 흘러다니는 민의 어릴 적 모습과 쭈그리고 앉아 있던 좀전의 민의 모습이 실루엣으로 시야를 가렸다.

"그냥. 산다는 것이 무엇인지 너무 어려워서 그래."

나는 그후 강원도 깊은 산 중턱 나무판잣집의 털모자 쓴 그 왜소하고 여윈 남자에 대해서 말한 적이 한 번도 없다. 아니 영원히 말하지 않을 것이다. 물소리, 새소리, 사람 소리를 흘리면서 끌로 나무나 파고 있을 그 남자를 이 세상의 고통과 번민에서 해방시켜주고 싶어서이다. 그도 빨리 우리의 기억에서 잊혀지고 싶었을 것이다. 타인과의 경쟁도 눈치도 삶의 무게도 잊어버리고 싶은 그 남자를 나의 기억 속에서도 지우고 싶었다.

빛나는 벤츠보다 낡은 스텔라를 더 좋아하는 여자

새벽 6시 30분에 문을 여는 S호텔 여자 헬스클럽 '휘트니스'의 시간별 고정손님은 여행을 가거나 특별한 일이 없는 한 거의 일정하다. 첫손님은 언제나 새벽잠이 없는 노인 부부이다. 그들은 클럽까지 조깅삼아 걸어온다. 호텔 뒷산을 40분간 오른 뒤 수영까지 하는 의사들이나 교수 팀들, 아이를 학교에 데려다 주고 오는 엄마들. 대체로 40대 이상이다. 아침 7시에 에어로빅까지 하는 사람도 있다.

부부가 같이 다니는 사람은 대체로 여자 쪽이 바쁘게 서두른다. 그러나 시간 여유가 있는 몇몇 사람들은 돌아가며 커피를 사기도 하면서 아침시간을 보낸다. 사업을 하는 사람들은 간단한 운동이나 수영을 하기도 하고, 러닝머신으로 35Km 정도 걷는 사람이 많다.

이해관계 없이 아침마다 만나는 사람들은 모두가 반갑고 친절하다. 누구도 자기 애기를 하지 않았는데 상대방의 직업과 가정환경을 서로 대강은 알고 있다. 뒷조사 없이도 정보가 너무나 빠르다.

저 집은 이혼을 하고 혼자 사는 여자, 저 집은 남편 사업이 잘 안돼 부도가

났대, 저 집은 아이가 대학 시험에 세 번이나 떨어졌대, 저 여자는 내가 아는 집 남편과 관계가 있대.

가만있어도 들려오는 소문이다. 돌림병처럼 소문이 돌고 있다. 겉으로는 아무것도 모르는 듯이 친절하다. 그러나 정작 당사자가 뒤돌아서면 그날의 화제 주인공이 된다. 오이즙을 나누어 바르고, 계란 흰자를 풀어 나누어주러 다닌다. 겉으로는 형제들처럼 참으로 다정하고 친절하다.

그러나 유독 그 여자를 대하는 것만은 다르다. 피부병 환자를 보는 것처럼 가까이하려 하지 않는다. 옆자리에 앉아도 못 본 척한다. 탕 안에 앉아 있어도 아는 체하지 않는다.

어쩌다 그 여자가 내 옆에 앉게 될 때면 나는 그 여자의 등에 비누칠을 해준다. 우리는 서로 어쩔 줄 몰라하며 비누칠을 해준다.

새벽마다 만나지만 직장에 출근을 하는 여자는 아닌 것 같았다. 아이를 데려다 주고 오는 것도 아닌 것 같은데 새벽에 클럽에 온다.

그 여자는 남편이 데려다 주고 출근을 한다고 했다. 그런데 탕 안에 앉아 있을 때에도 젖가슴을 감싸안은 채 눈을 감고 있고, 사우나 안에서도 타월로 얼굴을 가리고 있다. 몸을 닦을 때에도 머리를 감을 때에도 주인을 따라온 하녀처럼 몸둘 바를 몰라한다.

그 여자는 늘 부드럽게 엷은 미소를 띠고 있고 몸매는 풍만하다. 그리고 여간해서는 한눈을 팔지 않는다. 움직일 때에도 서두르지 않고 조용히 행동한다. 객지에 있다가 공중목욕탕에 들어온 나그네처럼 정해진 규칙에 따라 몸을 닦는다. 그림자나 안개 속의 형체처럼 자기를 의식하지 않게 하기 위해 조심조심 움직이는 몸짓이다.

그러나 나는 그 여자에게 유독 아는 체한다. 어쩌다 보이지 않으면 궁금해서 기다리기도 한다. 나는 그 여자의 몸짓에서, 그 표정에서 모든 것을 잃어버린, 체념하고 떨쳐 버린 막연한 평온 같은 것을 느낀다. 생각까지도 잠재운 것처럼 서두름이 없고, 행동은 야단맞은 사람처럼 조용하고, 표정이 겁먹은 듯이 멈추어 있다. 그러나 전반적으로 편안하고 부드럽다.

그 헬스클럽에 오는 여자들은 누구도 그 여자와 말을 주고받지 않는다. 대놓고 주먹질은 못해도 주홍글씨를 등에 써 붙인 사람을 보는 것처럼 못 본 체한다.

그러나 그 여자는 미소를 띠운 채 조용히 넘나든다. 혹시 부딪치기라도 할세라 조심한다. 슬리퍼조차도 다른 사람이 보이면 먼저 신게 내어준다. 모두들 그 여자가 자기네와 같은 헬스클럽에 다니는 것조차도 불쾌하게 생각하는 것처럼 보인다. 마치 자기 남편을 빼앗을 뻔했던 여자를 대하는 것처럼 혐오감을 전달해 가면서 미워한다.

아이를 다섯이나 둔 여자가 젊은 제비와 눈이 맞아 이혼을 당했단다. 발가벗긴 채로 쫓겨났대, 그래서 지금 그 제비와 산대, 시집 갈 딸을 두고 쫓겨났대. 대충 그런 줄거리였다.

그러나 누구도 그 여자의 삶을 지켜본 사람도, 잘 알고 있는 사람도 없는,

그저 추측에 불과한 소문일 뿐이다.

내가 보기에 그 여자는 그렇게 용기가 있거나 자기의 쾌락을 위해 자식을
버릴 만큼 이기적인 눈빛과 끼 있는 몸짓을 가진 육감적인 여자가 아니다.
비릿하거나 야릇한 정염의 냄새도 거의 없어 보인다. 평범하다 못해 옆에
있는 것 같지도 않은 자태를 가지고 있으며 애써 자기를 움츠리고
수줍어하는 몸짓이다. 그러나 결코 비굴하지는 않다.

며칠 감기몸살을 앓은 뒤 어느 날 저녁, 나는 사우나에 가서 땀을 흠뻑
흘리고 싶은 생각이 들었다. 저녁시간의 헬스클럽에서는 아는 사람이
거의 없었다. 퇴근을 하고 오는 사람, 저녁을 먹고 샤워하러 오는 사람,
아침에 다녀갔는데 저녁에 다시 오는 사람도 있다. 모르는 사람만 있을
때에는 심심하기도 하지만 편안하기도 했다.

모두가 다 발가벗었기 때문에 아는 사람들 속에 있으면 괜히 동작에
신경을 쓰게 된다. 그러나 아는 사람이 없을 때에는 두 다리를 쭉 뻗고
누워서 타월로 얼굴만 가리면 되었다. 다리를 벌리고 더운 김을 쐬기도
했다. 마냥 풀어 놓고 쉴 수도 있었다. 시간이 늦어질수록 조용하고
한산했다. 식어가는 사우나 안은 너무 뜨겁지 않아 나같이 쉽게 익는 얇은
피부의 소유자에게는 안성맞춤의 온도이다.

문바람의 느낌으로 사람이 들어온 것 같았는데 인기척이 느껴지질 않고
너무 조용했다. 숨소리조차도 들리지 않았다. 궁금해 얼굴을 덮은 타월의

한쪽 끝을 쳐들고 보았다. 탕 안에서 언제나 눈을 감고 있던 여자가 타월로 얼굴을 감싼 채 앉아 있었다. 나는 일어나 앉으면서 말했다.

"어떻게 저녁에 왔어요?"

발가벗은 두 여자만의 공간이어서 그런지 과거의 인연을 맺은 사람처럼 다정함이 전달되었다.

그 여자도 조용히 눈을 뜨고 나를 보더니 화들짝 놀라며 반가워했다.

"안녕하세요? 며칠 안 보이시더니 이렇게 늦게 오셨어요?"

"감기가 들어 며칠 누워 있었어요. 땀을 좀 내고 싶어 저녁에 왔는데 조용해서 참 좋네요."

그 여자는 내 말만 들으며 미소지었다.

"웬일로 밤에 왔어요?"

나는 말을 시켰다. 그 여자는 옷고름 풀어내듯 얼굴을 가린 타월을 내리고 두 다리를 쭉 뻗더니 웅크림을 내려놓았다. 둘만의 공간에 마음이 편안한지 타월을 접어 놓고 얘기했다.

"집에 사람이 아무도 없으니 되레 잠이 안 와요. 운동이나 샤워를 하고 나면 금방 잠이 올 것 같아 왔어요."

항상 혼자 있는 밤의 공기와 존재하다 사라진 공간의 밤은 과거와 현재를 고독 속으로 빠지게도 하고 매몰시키기도 한다. 그것이 깊고 어두운 밤의 권한이자 특전이니까.

"모두들 어디 갔어요?"

나는 또 물었다.

"시골 큰집에 제사가 있어서 갔어요."

나는 얘기를 들으면서 그녀를 찬찬히 살펴보았다. 약간 큰 키에 아이를 많이 낳았다는데도 탄력이 있는 적당한 크기의 유방에 처지지 않은 아랫배가 적당한 볼륨을 지니고 있었다. 히프와 목선이 도톰하고 갸름한 얼굴에 입술선이 유난히 뚜렷하다는 것을 알 수 있었다. 평범한 것 같지만 자기의 의지를 때때로 관철시킬 수 있을 것 같은 입술이었다. 입술은 언제나 미소를 띠고 있지만 힘주어 다물고 있을 때에는 결의에 찬 듯해 보였다. 약간 큰 눈은 사물은 잘 보면서도 눈감아줄 줄 아는 편안함이 엿보였고, 약간 작은 코는 그 큰 눈과 다부진 입술 사이에서 친근감을 느끼게 해주었다.

"시간이 있겠네요."

모처럼 타인의 방해나 눈길을 의식하지 않아도 될 분위기여서 그 여자의 수수께끼 같은 사연을 듣고 싶은 호기심이 나를 부추겼다.

"네. 제가 위에서 맥주 한잔 살게요. 괜찮으세요?"

그 여자는 기다렸다는 듯이 밝은 표정으로 나를 쳐다보았다. 나를 잘 알고 있다는 표정이고, '당신도 혼자니까 괜찮죠?'라는 동조의 빛을 띠운 채. 나는 보너스를 조금 더 받은 기분이었다. 우리는 서둘러 대충 닦아내고 2층 로비 라운지로 갔다. 창가에 자리를 잡은 우리는 맥주를 주문했다. 창 밖에는 소나무에 뿌려진 지난해 크리스마스 트리의 불빛이 외국의 어느 카페 테라스에 앉아 느끼는 듯한 느낌을 주면서 막연하고 낯선 풍경으로 다가왔다. 3월인데도 나무가 흔들렸다.

"일이 있어서 참 좋겠어요?"

참으로 부러워하는 것같이 쳐다보지도 않은 채로 그 여자는 내게 맥주를 따라주었다. 나는 그때 처음으로 그 여자의 자세가 너무나 자연스럽고 세련되었음을 느꼈다. 모처럼 기분낸다고 나온 주부처럼 부자연스럽고 뭔가 어색한 제스처가 아니라 익숙한 단정함이 있었다. 맥주를 따르는 솜씨가 너무나 당당하고 자연스러웠다. 평생 일을 하며 사람들을 대하는 우리들보다 술자리에 더 익숙해 보였다.

"오늘 저녁은 여길 참 잘 온 것 같아요 언젠가 한번 만나 얘기하고 싶었어요 당당하고 멋있는 모습이 참 보기가 좋았거든요"

그 여자는 조용하면서도 차분하고 조리있게 말을 했다.

'평소에는 어떻게 그렇게 말없이 지냈을까?'

"나도 정말 한번 얘기하고 싶었어요 그런데 시간이 잘 나지 않더라구요"

나는 정말 궁금한 것을 묻고 싶었다. 그 소문의 진상을 알고 싶었다. 나는 서서히 그 여자를 끌어내기 위해 조심스럽게 나의 고충을 비춰보았다. 평소 조용하기만 하고 늘 사람을 피하기만 하던 사람이 단숨에 맥주 한 잔을 마시는 걸 보자 내게는 그 여자가 좀 낯설어 보였다. 편안히 뒤로 몸을 기댄 채 나를 건너다보는 눈에는 두려움이나 조심스러움이 아닌 여유가 있었고, 많이 누리고 가졌던 자연스러움과 품위가 엿보였다.

그 여자는 웨이터를 부르더니 나에게 묻지도 않고 맥주를 한 병 더 시켰다.

그때부터 나는 그 여자를 바라보기만 하면 되었다.

그 여자는 맥주 한 잔을 더 마시고 내겐 첨잔을 해주었다. 창 밖의 짙은

어둠과 반짝이는 불빛과 멀리서 들리는 듯한 자동차들의 소음이

여행길에서 만난 사람같이 새롭고 편안하기까지 했다.

내가 들었던 이 여자에 대한 정보는 이랬다. 남편이 전직 국회의원이었고,

현재는 변호사라는 것, 여자가 바람이 나서 이혼을 당했다는 것 정도이다.

아이들이 다섯이나 된다는 것도

나는 남의 일에는 별로 관심도 없고, 소문을 사실이라고 믿지도 않는

편이다. 어차피 여자들이 몰고 다니는 소문은 머리끝에서 시작하여

발끝까지 가서야 마무리가 되기 때문이다.

황지선, 이 여자는 40대 초반이란다.

"다들 저를 벌레처럼 보지요"

반쯤 남은 맥주 잔을 들여다보는 그 여자의 눈빛에는 차가운 물기가

어리어 있었다. 질문인지, 단정인지, 동조인지, 아니 스스로 인정한다는 게

보다 정확할 듯했다. 그 여자는 자기가 토해 내는 벌레라는 단어에 자기를

휘감아 슬금슬금 길 수도 있다는 듯이 몸을 움츠리며 재킷을 벗어 버렸다.

그럴 만큼 덥지도 않은 3월의 밤이었는데 말이다. 검은 나뭇가지가 심하게

흔들렸다.

"끝에서 끝으로 도망쳐왔는데 아는 친구를 만났어요. 그래서 여기서도

내가 사람도 아니라는 소문이 났고요."

황량한 들판에 홀로 우뚝 서 있는 것 같은 이 여자를 지켜보며 나는 꼼짝도 못하고 숨을 죽이며 호흡을 모았다. 유리창을 통해 반사되는 푸른 불빛 때문에 그녀의 부드러운 윤곽이 실제보다 가깝게 앉아 있는 것 같은 느낌이었다. 거품도 일지 않은 유리컵의 출렁이는 액체를 응시하고 있던 그녀는 절망과 회한을 뚫고 나온 평온을 소유한 듯, 타인이 접근할 수 없는 깊숙한 곳에 파묻혀 있는 것 같은 모습이었다.

지선의 고향은 남쪽의 바닷가인 항구 도시이다. 그녀는 그 도시에선 몇 째가는 사업가의 외동딸이었다. 철공소를 경영하는 아버지는 아들만을 선호하는 한국의 여느 고지식한 남자들처럼 보수적이었다. 어릴 때부터 그 아버지의 아들에 대한 절대적인 욕구 때문에 지선은 어머니의 묵인 아래 어머니 외에 다른 여자를 보아왔다. 그래서인지 아버지가 어디선가 데려온 남동생이 하나 있었다. 그 동생에 대한 어머니의 헌신적인 보살핌은 젊은 여자와 나누어야 될지도 모를 남편의 관심과 동정을 되돌릴 수 있는 구급약이었다. 어머니는 희생적이고, 헌신적이며, 맹목적으로 사랑했고, 집착도 대단했다. 아니 아버지와 그 아이에게 종처럼 굴었다. 어떤 땐 지선의 눈에조차 그런 어머니가 비굴하고 교활해 보이기까지 했다.

아들을 낳지 못해서 불안하고 죄스러운 어머니의 자리는 박탈을 예약한 영순위였다. 외동딸을 제쳐두고 아버지와 아들에게만 몸과 마음을 바쳐 봉사하고 희생하는 것이다. 눈물겹도록 자기를 던져 놓았고 부서지도록 자기 자신을 혹사하고 있었다.

지선은 아버지의 끈질긴 집념과 불같은 성격보다 희생적이고 내성적인 어머니 쪽의 성격을 더 많이 닮았다. 그래서 어릴 때에도 어머니를 바라보는 시각이 부정적이지만은 않았고 긍정적인 사고가 자리를 잡아가고 있었다. 감수성이 극도로 예민하던 사춘기에도 부모의 정상적이 아닌 부부생활에조차 민숭민숭했다. 다만 맹목적이고 헌신적인 어머니의 모습이 안쓰러웠고, 정작 자기 자신에게는 무심할 수밖에 없는 어머니의 입장에 마음이 아팠을 뿐이었다.

대학을 다니면서 집을 떠나 있을 때에도 지선은 어머니를 빼어다 닮은 희생적인 그 성격 때문에 친구들을 돌보고 챙기는 것에 즐거움까지 느꼈다. 심지어는 약간 모자라게 보여서 놀림을 당하기까지 했다.

기숙사에서 빨래와 청소는 당연히 모두 지선의 몫으로 고스란히 남겨졌다. 뚜렷한 추억거리나 발랄한 젊음의 분출도 없는 채로 2학년 여름방학 때 집으로 내려간 지선은, 나이가 여덟 살이나 위인 변호사와 맞선을 보았다.

정치적인 야망과 사업의 번창에 도움이 될 뿐만 아니라 어린 아들을 돌봐 줄 힘이 있는 사위를 맞이하고 싶어하는 것은 아버지의 희망사항이자 욕망이며 소원이었다. 그 당시 아버지에게 그보다 더 중요한 바람은 없었다.

어머니에게는 어린 딸의 앞날이 언제나 걱정이었다. 딸에게 자상하지도 못하고 깊은 사랑을 보여줄 줄도 모르는 남편이 야속하기도 했지만 자신 또한 딸에게 해줄 수 있는 게 아무것도 없다는 한계를 느끼면서 그저 딸이 커가는 모습을 망연자실 지켜볼 뿐이었다. 오직 좋은 배필을 찾아주어 자기와 같은 전철을 밟지 않게 해주는 것만이 어머니가 할 수 있는 일이었다.

가난한 집안 출신이지만 고시를 패스했고, 더 큰 꿈을 이루려는 야망이 있는 변호사 신랑감은 이 집안의 모든 것을 다 준다 해도 밑지지 않을 소중한 투자 대상이었다.

지선이 본 그 변호사의 첫인상은 눈빛이 날카롭고 매서웠다. 전신에 배어 있는 야망, 그리고 검소한 모습까지도 아버지와 닮아 있었다. 그에게서는 맑은 지성과 부드러운 여유와 이지적인 냄새를 맡을 수 없었고 가슴을 떨리게 하는 그 무엇도 없었다. 그러나 아버지의 완강한 명령과 어머니의 간절한 애원이 선택의 여지 없이 지선을 그 남자, 정상덕에게 기울어지게 만들었다.

"네가 저렇게 훌륭한 신랑감을 만나는 것이 나의 평생 소원이다. 너는 저런 야무진 남자를 만나야 된다. 나같이 살아서는 안돼. 훌륭한 신랑을 만나 사랑받으며 사람답게 살아야 돼."

어머니의 상덕에 대한 침이 마를 정도의 칭찬이 아니라도 지선은 어머니의 소원을 들어주고 싶었다. 그것은 외로운 어머니에 대한 정이나 의리 같은 것이었다.

혼담은 일사천리로 진행되었다. 지선은 졸업도 못한 채 결혼을 했고, 모든 것을 다 갖추어주는 아버지와 어머니의 배려로 풍족한 결혼생활이 시작되었다. 아무것도 가진 것이 없던 남편을 아버지는 아들같이 키워나갔다.

가난한 집 외아들이라는 팻말이 가슴 밑바닥에 부스럼처럼 깔려 있던 상덕은 하루아침에 많이 가진 자로 둔갑해 갔다. 어리고 순수하기만 한 지선은 끝없는 출세지향형 남편의 요구대로 연년생으로 아이를 갖게 되었고, 어머니의 복사판처럼 복종하며 몸이 부서지도록 일만 했다. 남편의 뒤치다꺼리도 묵묵히 해냈다.

그러나 사랑받는 아내의 자리를 갈망하는 어머니의 딸에 대한 염원은 애초부터 선택에 무리가 있었다. 딸의 결혼은 그저 어머니의 운명을 그대로 답습하기 시작하는 전초전일 뿐이었다.

아버지의 끝없는 욕망과 자신감의 만용은 사위의 위치를 더 격상시켜 주려고만 했다. 두 남자의 합일된 야망 덕택에 상덕은 던져진 부를 디딤돌삼아 능력을 최대한 살려나갔다.

그러던 중 딸의 숙명적인 멍에를 벗겨주려고 몸과 마음을 다 쏟아부은 어머니는 드디어 쓰러지고 말았다. 그때까지 남편의 사랑을 다른 여자에게 뺏긴 채 육신을 던져 오직 노동으로 상처를 이겨나가던 그

상혼이 빌미가 돼 어머니는 65세에 한 많은 삶을 마감했다.

지선은 그제서야 그동안 자신의 육신과 영혼을 받쳐주고 있던 대들보가 우르르 무너져내림을 느꼈다. 끈 떨어진 풍선 격이었다. 이젠 자기를 위해 지켜줄 사람도, 울어줄 사람도 없다는 것을 알게 되었다.

그러나 그 슬픔을 길게 지닐 자유도 없었다. 당장 다섯 아이의 뒷바라지와 남편의 출세에 지렛대가 될 질서를 유지해야 했다. 식구들을 위해서는 충직한 종이 되어야 했으며, 남편의 정치적인 야망을 채워주기 위해서는 훌륭한 사모님과 능력있는 여자가 되어야 했다.

아버지는 사위가 자기 대신 이뤄줄 부와 명예를 꿈꾸며 그를 위해 아낌없이 투자했다. 어머니가 돌아가신 후 들어온 젊은 여자가 새로운 삶의 윤활유 역할을 한 듯 아버지는 더욱 혈기왕성하게 사업을 키워나갔다.

그러나 남편 상덕은 국회의원 후보로 출마한 첫번째 선거에서 떨어졌다. 인품과 덕이 없는 상덕에게는 기본표가 없었던 것이다. 아버지 역시 돈을 다발로 쏟아부으며 후원을 했지만 허사였다. 조강지처를 묻은 지 일년도 안돼 젊은 여자를 봤다는 소문은 소도시인 그곳 여자들의 인심을 얻는 데에는 결정적인 걸림돌이 되었다.

그러나 상덕은 포기하지 않았다. 그는 사실 잃은 게 아무것도 없었다. 한 번의 실패는 도리어 정상덕이라는 인물을 알리는 발판쯤으로 생각했다. 그는 패인을 은근히 장인의 가족사 문제로 돌리기까지 했다.

장인 역시 큰 충격을 받았고, 재물은 엄청나게 축이 났다. 그러나 패인이

자신의 탓도 있다는 여론을 들어서인지 사위가 국회의원만 되면 다시

모든 것을 만회하는 것은 시간문제라며 자위했다. 그리고는 그때부터

다음 선거전략을 짜기 시작했다. 지선에게는 고향인 그곳의 선후배와

여성들에게 적극적인 선거 운동을 하도록 종용했다. 그것은 유권자 중

여성표가 당락을 좌우할 정도로 많기 때문이었다.

남편의 집착과 욕망은 끝이 없었다. 선거에 도움이 될 만한 사람은 무료로

변호를 해주기도 했고, 하루의 일상은 다음 선거의 예비운동으로

계속되었다.

"남편보다 부인의 표가 더 많다는 당선자가 허다하잖아."

상덕은 수시로 지선에게 부담을 주었다. 상덕은 하루중 대부분을 각

기관과 사회단체 등 점조직을 통한 술과 향응으로 보냈고, 또 상갓집으로

잔칫집으로 밤낮을 가리지 않고 찾아다녔다. 아이들은 지선의 몫이었다.

상덕은 한 가지 목적만 있을 뿐 다른 무엇도 생각하려고 하질 않았다.

드디어 장인의 마지막 남은 재산인 철공소를 처분하면서 상덕은 여당

공천을 받았다. 장인의 모든 것을 아낌없이 털어바쳐서.

국회의원이 된 상덕은 처음에는 하느님께도 아내인 지선에게도

장인에게도 아이들에게도 모두 고마워했고 소중하게 생각하는 것 같았다.

가장으로서의 책임감과 관심도 가지려 하는 것 같았다.

"이제는 걱정 마시고 편히 쉬십시오. 제가 알아서 모시겠습니다."

그는 장인에게 술잔을 따라 올리면서 무릎을 꿇고 진정으로 감사를 드렸다. 그리고는 아내의 손을 잡고, "당신도 고생했소"라며 감사했다. 그때는 모두가 정상이었고, 장인도 지선도 눈물이 핑 돌았다. 저렇게 속 깊은 남편을 잠시라도 미워한 자기가 너무나 속물 같아 부끄러움 때문에 온몸이 달아올랐다.

서울생활이 시작된 후 지선은 더 힘든 노동과 정신적인 혼란에 부딪혔다. 다섯 아이의 교육 문제와 나날이 늘어나는 방문객과 상주하는 군식구들을 돌보고 먹이기에 심신이 지쳤다. 그 가운데 자신을 더욱 깊은 심연 속으로 몰아넣는 고통과 고독은 상덕과의 거리감이었다. 국회다, 변호사 사무실이다, 지역구다, 현장검증이다 하며 다니는 남편의 행적과 생활은 도무지 가늠할 수가 없었다. 지쳐 쓰러진 지선이 남편을 기다리다 잠이 들었는데 새벽에 눈을 떠보면 남편은 윗목에서 잠들어 있기 일쑤였다. 의논할 일들을 메모해 놓고 기다렸지만 남편과 얼굴을 마주하고 앉을 시간을 만들기란 좀처럼 어려웠다. 새벽에 막내가 학교에 가면서 시작되는 지선의 하루는 상덕을 만나기 위해 새벽부터 와서 기다리는 사람, 지역구에서 올라온 사람, 제일 먼저 만나는 변호사 사무실의 사무장, 아침부터 쉴새없이 걸려오는 전화, 아이들과 상덕이 나가는 시간까지 모든 것을 챙겨야 했다.

상덕은 주말엔 골프장이나 지역구엘 내려갔다. 수시로 외박을 하면서도 그때마다 뭔가의 불가피성과 자기의 힘든 업무의 고달픔을 넋두리했다.

지선의 머리카락이 뭉텅뭉텅 빠져나갔다. 얼굴은 까칠해졌고 시장에라도 다녀온 저녁이면 무릎이 아파 일어설 수가 없었다.

집은 지선의 일터이자 전쟁터였다. 보일러가 고장나서 온 집이 추워도 지선의 탓이었다. 2층에 물이 새어 방바닥에 떨어져도 지선의 탓이었다. MT 간 아들이 늦게까지 들어오지 않으면 간 졸이는 것도 지선의 몫이었다. 쉴새없이 걸려오는 전화도 지선의 몫이 더 많았다. 고향에서 서울로 올라오는 사람은 다 찾아오는 것이다. 그래도 싫은 내색을 해서는 안되었다. 그 집안에서 상덕을 찾는 사람은 차츰 줄어들었고, 상덕의 자리는 언제나 비어 있었다.

지선은 명치끝이 꽉 막혀 있는 답답함으로 숨을 몰아쉬었다. 이따금 어머니 생각이 나면 눈물바람부터 앞세웠다. 아이들은 상대 없이 일어나는 엄마의 고달픈 전투는 짐작도 못한 채 각자 제 할 일로 더 바빴다. 지선은 너무 멀리 달아나 있는 남편에게, 낯설게만 보이는 남편에게 자꾸만 스스로 지쳐갔다. 그 먼 거리감은 생소한 느낌과 아픔으로 다가왔다.

정상덕, 오직 그 남자 한 사람을 위해서만 모든 연출과 조연출과 관객이 존재할 뿐이었다. 상덕의 자신만만한 성취욕은 또 다른 새로운 변신을 꿈꾸었다. 당의 중진들과 빈번하게 접촉했고 자신의 입지 상승을 위해 더욱 분주히 움직였다. 주변을 맴도는 여성들 또한 상덕의 연출을 서서히 바꾸어 놓았다.

남편의 넥타이가 화려해지더니 양복을 한꺼번에 네다섯 벌씩 맞추기도 했다. 지선 몰래 거울을 자주 훔쳐보는 것도 새로운 변화였다. 오로지 변하지 않은 것은 지선에 대한 무관심과 지선에게 모든 것을 다 미뤄 버리는 믿음이었다. 그리고 짜증이었다. 그는 다른 능력있는 여자들처럼 일을 스스로 잘 처리하지 못한다고 지선을 몰아세우기도 했다.

지선의 가슴 밑바닥에는 무거운 쇠뭉치가 달려 있는 듯했다. 친정의 일들이 한쪽 머리를 쿡쿡 찔렀다. 친정아버지를 생각할 때마다 상덕에 대한 증오가 더욱 넓게 자리잡아가고 있었다.

모든 것을 다 놓아 버린 아버지가 사위의 배려를 기다리다 못해 소식도 없이 상경하셨다. 그리고는 평소 꿈꾸던 계획을 어렵사리 사위에게 털어놓으셨다. 자기의 모든 것을 사위에게 다 줬건만, 지금은 구걸하듯 눈치까지 보면서 사위에게 매달려 애원하시는 모습이 처량하기까지 했다.

"공원묘지 같은 것을 좀 해보았으면 좋겠네. 싼 땅을 내가 좀 알아볼 테니 신경 좀 써주게. 어차피 지역발전에도 묘지정리는 필요한 것 아닌가?"

비굴하리만큼 쩔쩔매는 아버지 때문에 지선은 너무나 화가 나고 싫었다. 공원묘지 분양이 괜찮다고들 할 때였다. 그러나 상덕은 입장이 난처한 듯했다.

"그냥 좀 쉬세요. 제가 관련되면 야당의 공격 빌미가 되고, 다음 선거에도 문제가 될 수도 있습니다. 제가 뭐 다른 사업을 연구해 보겠습니다. 내려가 계십시오"

상덕은 벌써 두 번씩이나 팔목의 시계를 들여다보았다. 지선은

불안해지면서 가슴이 답답해 왔다.

"벌써 내가 손을 놓은 지도 2년이 다 돼가질 않은가. 몸도 안 좋아지고

말야. 일을 하던 사람은 일을 해야지. 어떤 땐 기가 막힌다네."

담배를 끊은 아버지는 빈 주머니를 계속 뒤진다. 예전에 그렇게 활력이

넘치시던 아버지는 일을 놓으신 후 갑자기 늙고 초라한 노인으로 변했다.

평소에 좋지 않으신 무릎 관절이 더욱 나빠졌다며 지팡이에 몸을

의지하여 다니신다. 머리숱은 다 빠져 거의 없어 보였으며, 무력한 표정

속에서도 너무나 간절한 애원이 그 여위고 굽은 어깨를 짓누르고 있었다.

딸이 뭔지, 딸의 입장을 생각해 할말을 다 뱉지 못하시는 아버지.

이럴 때 장인과 사위는 어떤 관계일까. 장인은 후회와 섭섭함 때문에

주먹을 움켜쥔 채 입맛만 쩝쩝 다실 뿐이었다.

지선이 보기에 이제 아버지는 단물이란 단물은 다 빨리고, 피를 말리는

일만 남은 것 같았다.

아버지는 지선을 힐끔 훔쳐보았다. 머리가 엉성하게 빠지고, 다리를 질질

끌며 다니는 지친 딸을 보면서, 힘 빠진 굽은 어깨에 고개를 떨군 채 다시

시골로 내려가셔야만 했다. 딸자식이라지만 아버지에게 아무것도 해줄

수가 없고, 스스로 아무것도 선택할 수 없었던 지선은 자기 자신을 향하여

혐오감이 마구 치솟았다.

아이들은 환경에 빨리 적응했다. 아버지의 집념과 사회적인 명성에

걸맞게 잘 자라주었고, 유난을 떨면서 신경을 빼앗는 아이 없이 순조롭게
자기 길을 가고 있었다. 큰딸은 졸업 후 유학 준비를 하고 있었고, 둘째
아들은 군복무중이라 한 달에 한 번쯤 외박을 나왔다. 셋째는 휴학하고
유학 준비중이었다. 넷째 녀석은 과외를 끝내고 밤 11시에 들어오고,
무용을 하는 막내딸은 중3이라 엄마의 손길을 가장 필요로 하고 제일
따랐다.

지선의 얘기를 글로써 정리하려 했지만, 정말 그 상황을 그대로 옮겨 놓을
수 있을지 스스로 탐탁지 않았다. 그러나 이 이야기는 꼭 써주고 싶었다.

지역구 사람들은 표와 사람 관리가 직결된다. 시골 동창들이 모처럼 모여
지선이 있는 서울에 온다고 했다.
그날 아침, 지선은 상덕에게 말했다.
"선거 때마다 제 돈을 써가면서 애를 써준 동창들이 온다는데 오늘은
당신이 저녁때 일찍 좀 들어오세요"
지선은 목으로 올라오는 메스꺼움을 간신히 삼켰다. 기실 동창들에게
지금의 자기 모습을 보이고 싶지가 않았다.
'이게 어디 사람 사는 꼴인가.'
"내가 그 시골 여자들하고 뭘 어쩌라고 그래. 생각하는 것이라고는. 내가
돈을 줄 테니 촌여자들 실컷 놀아보라고 그래. 지금 내가 얼마나 피곤한지

당신조차도 몰라주고 있으니."

더 이상 할말도 없었다.

'말을 꺼낸 내가 어리석은 인간이지.'

목으로 올라오는 메스꺼움 때문에 주방으로 가 냉수를 한잔 마시고 나왔을 때에는 이미 상덕의 차 문 닫는 소리가 들려왔다. 화장대 위에는 수표가 몇 장 놓여 있었다.

여자들은 대부분 40대가 되면 나이만큼 용기가 생기고 대담해진다. 그 동창들은 나름대로 그 지방에서는 내로라 하는 유지들의 부인이었다. 교수, 선주, 은행 지점장, 의사 등. 합법적으로 단체여행의 허락을 받은 이 친구들은 거리낌없이 부산스럽고 요란한 차림이었다.

지선은 오랜만에 제일 야한 붉은 원피스로 단장했다. 지금의 패잔병 북 치는 것 같은 모습에서 벗어나고 싶었던 것이다. 지선은 남편이 던지고 간 수표를 가방 속에 넣고, 여덟 명의 여자들을 앞세우고 나갔다.

"애, 우리가 밥 먹으러 왔니? 먹는 것은 신경 끊어라. 먹어봐야 중량만 불어나지, 뭐."

여자들은 기다렸다는 듯이 맞장구를 친다.

"맞아. 이 화려한 서울에서, 아무도 우리를 모르는 이곳에서 해방된 기쁨을 즐기며 좀 신나게 놀다 가자."

"어딜 가고 싶어서 그래? 내가 어디든지 데려가줄 테니 말해 봐."

탈출. 그것은 지선이 꿈속에서 시도하는 이상이었다.

지선도 가라앉은 기분을 털어내고 싶었다. 그러나 너무나 짙게 깔린 안개는 좀처럼 떨어질 기미가 없었다. 선주 부인인 경자가 나섰다. 학교 다닐 때에도 앞장서기를 좋아했던 친구이다.

"얘, 우리 춤추는 데 좀 가보자. 기왕 맥주를 마시려면 눈요기라도 하는 데가 좋잖아. 그리고 열심히 흔들어 땀 좀 빼자구. 언제 땀 흘릴 기회가 있어야지. 그게 제일 좋은 다이어트라는데 말야."

한 사람도 반대하는 사람이 없었다. 모두가 소풍 나온 여학생들처럼 오랜만에 맞이하는 자유를 만끽하려 들떠 있었다. 여학교를 졸업한 후 처음 보는 발랄함이고 단합이었다. 지선은 하루저녁을 즐겁게 보내려는 그 친구들에게 그렇게 해주고 싶었다.

"그래, 가보자."

지선은 언젠가 남편이 전화로 술김에 끌려갔다는 타워 호텔이 생각났다. 부근 일식집에서 간단한 저녁을 먹고, 남편이 보내준 차와 집안에서 쓰는 두 대의 차에 실려 타워 호텔을 찾았다.

희미하게 어두운 넓은 홀에 요란한 디스코 음악이 흘러나왔고, 오색빛 조명이 어지럽게 돌고 있는 플로어에는 신나게 몸을 흔들어대는 사람들로 빽빽했다. 너무 요란스럽고 민망했지만, 오랜만에 자유를 허락받은 친구들은 신기한지 마냥 즐거워했다.

구태여 찾으려고 애쓰지 않는 한 누군가를 찾기도 어려운 조명 아래에서는 어둠이 주는 음흉한 자유스러움과 용기가 슬며시 일어났다.

그러나 한편으로는 어두움 속에서 아주 미세한 두려움이 조금은 싹트기도 했다. 하지만 하나가 아니고 여럿일 때 그 두려움은 더욱 폭발적인 용기로 뒤바뀌기도 한다.

무슨 일이든지 해치울 것 같던 무리들의 용기는 홀 안에서 껴안고 돌아가는 쌍쌍을 보면서 잠시 조용해졌다. 다들 신기한 그 광경에 정신이 팔린 채 호기심과 기대를 서로 감추고 있었다. 맥주가 몇 잔 돌아가고 빠른 음악이 나오자 언제나 용기있게 앞장서는 경자와 희선이 끼를 불어넣었다.

"애, 우리도 좀 나가보자, 우리끼리."

그들은 교수 부인인 정자를 데리고 나갔다. 가끔 춰본 솜씨들이었다. 잘 흔들었다. 그리고는 연신 이쪽을 보며 손을 들까불었다. 지선은 핸드백과 코트를 맡아 지켜주고 있었다.

한 친구에게 같이 춤을 추자는 중년 남자가 있었다. 그 친구는 놀라 사양했지만, 친구들이 등을 떠밀었다. 여기서는 그러는 거라는 말에, 그 친구는 중년 남자를 따라나갔다.

"역시 재는 끼가 있어. 여기 와서도 제일 먼저 찍히잖아."

정내는 학생 때도 눈에 띄게 엷은 화장을 하고, 앞머리를 고대로 말아 멋을 내던 아이였다. 감미로운 블루스 곡이 나오자 두 남자가 테이블로 다가왔다. 디스코를 추고 들어오던 경자와 정자가 따라나갔다.

나갔던 친구들은 들어오질 않았고, 점점 시간이 지나면서 옷과 핸드백을 지키는 지선과 청자만 남고 다들 홀로 나간 상태였다. 분위기는 서서히 들뜨는 것 같았다. 맥주병이 몇 병 비어나갔다. 청자와 지선은 어색함을 메우기 위해 맥주잔을 심심찮게 비우면서 구경하고 있었다.

아직 한 번도 들어오지 않은 친구들도 있었지만, 춤을 추러 나갔다가 돌아와 앉은 친구들의 얼굴은 상기되어 있었고 모처럼 들떠 있었다.

"지선아, 너도 한번 나가봐. 여기서 누가 너를 아니? 여기서는 사모님이 아니고 김지선인 거야."

"내 걱정은 할 것 없고 너희들이나 실컷 놀아봐. 나는 보는 것도 재미있다구."

"너도 정 의원말고 딴 사람 손도 한번 잡아봐. 괜찮더라. 누가 보니?"

"나는 춤을 출 줄도 몰라. 한 번도 춘 적이 없어."

"우리 학교 다닐 때 배웠잖아, 체육시간에. 그냥 따라가면 돼."

지선을 종용하던 친구들은 누가 먼저랄 것도 없이 남자들이 다가오면 앞다투어 따라나갔다. 몸집이 뚱뚱한 청자와 지선만이 짐을 잔뜩 쌓아 놓고 앉아 있었다. 맥주를 마신 탓인지 지선은 모처럼 모든 것을 잠깐 잊고 여학교 때로 돌아간 것처럼, 걱정 없던 옛날 소녀시절로 돌아간 것처럼 그 자리가 재미있고 편안했다.

그때 웨이터가 지선에게로 다가왔다.

"사모님, 저기 계신 분이 꼭 한곡 같이 추고 싶다는데요?"

웨이터는 지선과 다가오는 남자를 번갈아 바라보며 말했다.

"나는 춤을 출 줄 몰라요."

지선은 흠칫 놀라며 눈을 돌리지도 못할 만큼 당황했다. 말하는 동안 한 남자가 지선에게 다가왔다.

"괜찮습니다. 저도 잘 못 추니까요. 한번 나가보시죠."

손을 내밀고 서 있는 그 남자의 자태는 너무나 정중했다. 가뜩이나 지선은 평소 거절을 잘 못하는 성격의 소유자였는데다가 그 남자의 표정이 거절할 수 없을 만큼 진지했다.

그 남자의 얼굴에서는 언뜻 우수가 엿보였다. 반듯한 이마 위로는 잘 빗어넘긴 머리카락 중 몇 올이 흘러내려 있었고, 오똑한 코와 적당히 큰 눈은 귀티가 나는 모습이었다. 약간 자그마한 키에 깨끗하고 단정한 차림이었다. 거절을 하면 실례가 될 것 같을 정도로 정중하고 간절했다.

"나는 무심코 일어났어요. 아무 생각 없이 그 남자를 따라나섰죠. 지금 생각해도 이상해요."

그것은 누구의 청도 냉정히 물리치지 못하는 지선의 성격 때문인지도 모른다. 그러나 지선은 부인했다.

"손을 잡아주는 그 사람의 손길이 너무나 따뜻하고 부드럽게 느껴졌어요. 그리고 나를 껴안는 가슴과 어깨를 감싸는 손이 지금껏 한 번도 느껴보지 못한, 잃어버렸던 것을 되찾은 것 같은 안도감을 줬어요. 난 내 몸 속에서 나를 밀치고 일어나는 변화를 도저히 무시할 수도, 막아낼 수도 없었지요. 떨림과 평화가 한꺼번에 다가왔다고나 할까요."

이야기를 풀어나가는 지선의 목소리가 가늘게 떨리고 있었다.

"그때 '너, 그래, 지선이구나. 너는 여기 있었구나' 하는 소리를 느끼게 되었어요. 그리고 절대로 잊어버리지 않을 만큼 너무나 강한 냄새와 느낌이 스며들고 각인되는 것 같았어요. 오래전부터 익숙했던 사람 같았어요."

그러나 두 사람 다 한 마디 말도 없었다. 두 사람 다. 다만 지선은 떨고 있었고, 그 남자는 그 떨림을 받아들이고 있었다.

"인간의 만남은 그런 것이어야 된다고 생각해요. 비비면서 맞추고 꾸미고 잘라내면서 사는 것이 아니라, 그렇게 철컥 하고 소리내며 맞는 것을 찾을 수도 있다는 것을요. 전혀 틈이 남지 않은 채로 완전히 꽉 맞춰지는 베어링처럼. 저는 갑자기, 내가 정상에서 이탈하여 조금 이상해지기 시작하는 순간인가, 무서움과 겁이 덜컥 나기 시작했어요. 그러더니 온몸이 땀으로 젖어들기 시작하는 거였어요."

이렇게 말하며 지선은 잠시 한숨을 내쉬었다.

딱딱하고 원칙과 일이 전부인 아버지의 억센 손, 냉정하고 이기적이며 자기 중심과 출세지향적인, 그 차갑고 딱딱하고 무거운 남편의 흰 손, 그 손들에는 따뜻한 온기도 사랑도 없었다. 요구만 있었다. 희생과 헌신과 노동만 요구하며 나의 모든 것을 앗아가 버린 손.

가슴이 쿵쿵 소리를 내었다. 달아오르는 얼굴은 마취가 되듯 혼미해졌다.

감미롭고 애잔한 블루스의 음악보다 지선의 체중은 너무나 크고 편안한 나무에 기대듯이 쏠렸고, 그 나무는 어느 한 부분이라도 빠뜨릴세라 완전히 편안한 안식을 주기 위해 완전한 버팀목이 되어주고 있었다.

남자는 땀에 젖어 목덜미에 달라붙은 지선의 긴 머리카락을 손으로 넘겨 단정히 해주었다. 그러면서 그 남자는 지선의 눈을 들여다보았다. 지금껏 아무도 지선의 선량하고 맑은 눈을 들여다본 사람이 없었다.

충격과 겁먹은 울렁임 때문에 지선의 두 눈은 어두운 불빛 속에서도 물기를 담고 있다. 남자의 눈길이 정지된 것 같은 지선의 눈길을 불러들였다. 남자의 선량하고 단정한 눈길, 편안한 가슴, 발악을 해도 꽉 안고 놓치지 않을 강한 힘이 전율해 왔다. 둘은 아무 말도 없었다. 아니 할말도 없었고, 하고 싶지도 않았다.

그렇게 세 곡을 같이 추다가 제자리로 돌아왔다. 남자는 명함을 한 장 꺼내 지선의 원피스 윗주머니에 조용히 넣어주었다.

"언제 시간 있을 때 전화하십시오. 차나 한잔 하게요. 일행이 많으신 것 같은데, 저는 이제 그만 나갈 겁니다."

대충 그런 말로 들렸다. 고개를 약간 숙여 목례를 한 그 남자는 출입구 쪽으로 등을 돌린 채 사라져갔다.

"지선아, 그 남자 너한테 넋이 나간 것 같더라."

"아니야. 두 사람이 영화 속의 이별 장면같이 슬프고 아름답게 보이더라."

지선은 제 자신으로 돌아오기 위해, 현실로 되돌아오기 위해 한동안

헤매야만 했다. 여자들이 한 마디씩 하는 소리에 지선은 서늘한 가슴을
느끼며 머릿속이 멍해졌다.

"내가 좀 취했나 봐. 너희들 없을 때 술만 마셔 그래."

세 번째 선거를 치를 때까지도 친정아버지는 아무것도 하시지 못한 채
혈압으로 쓰러지셨다. 평생을 운영하던 철공소 사업을 정리할 때에도
사위가 국회의원만 되면 이까짓 것 아무것도 아니라고 입버릇처럼
말씀하시곤 했다. 새끼손가락을 잘려가면서도, 기계소리 쇳소리에 한쪽
귀가 멀었어도 아버지는 늘 웃기만 하셨다. 더 큰 사업을 해 부와 명예를
한꺼번에 거머쥐면 그깟 철공소나 세월의 아픔쯤은 충분히 보상받을 수
있다고 여기는 아버지였다. 그러나 그 꿈이 이루어지기도 전에 아버지는
서서히 무너지는 꿈의 소리를 들으면서 쓰러지신 것이다.

선거를 세 번 치르는 20여 년 동안 고달픔과 고독함과 가슴 아픈 친정의
일들과 남편의 끝없는 성취욕 때문에 지선은 넋이 빠진 채 일의 노예가
되어 버렸다. 아버지의 정신적인 병환과 몰락한 친정의 운명을 생각할
때마다 지선은 가슴 저 밑바닥에서부터 남편을 미워하게 되었고, 그
미움은 점점 증오로 변해 갔다. 모든 게 암담했다. 친정의 운을 깨부순
남편은 이제 자신이 그 속에 들어가 앉았다. 지선까지도 자기의 노예로
길들여가고 있었던 것이다.

그날도 강원도로 지원유세를 나간 남편은 돌아오지 않았다. 새벽 3시,

전화 벨이 울렸다. 미국에 있는 딸아이의 전화인가. 왠지 온몸으로 뻗치는 불안 때문에 발걸음을 떼어놓기 힘들었다. 어둡고 무거운 두려움이 온 집안에 휩쓸려 들어오는 것 같았다. 수화기 속에서 어린 남동생의 목소리가 멀리서 들려왔다.

"아버지가 돌아가셨어요"

그 다음은 왱왱하는 사이렌 소리가 두 귀를 울릴 뿐 아무 소리도 들리지 않았다.

지선은 그 자리에 털퍼덕 주저앉았다. 눈앞이 캄캄해졌다. 이 못난 딸 때문에 성질대로 사위에게 심한 말 한 마디 하지 못한 채 쓰러졌고, 그 다음은 삶의 의지를 잃어버리더니, 기어코 화병으로 돌아가신 것이다. 지선은 부모에게 너무나 못할 짓만 시켜드린 자신이 살아 있다는 사실조차도 죄스럽고 고통스러웠다.

아버지는 돌아가실 때에도 지선이 불쌍하다며 눈을 감지 못했다고 아버지의 젊은 여자가 전해 주었다. 내가 그 자식한테 못할 짓을 했다고 하셨단다.

사위의 뒷바라지에 자신의 모든 것을 몽땅 다 바쳤지만 아무것도 되돌려받을 것이 없었다. 재산이래야 쓰고 있는 집 한 칸, 문중의 재산인 산소 옆 임야 조금을 어린 아들 앞으로 남겨뒀을 뿐이었다.

아버지가 돌아가신 후 지선은 살아야 되는 의미를 찾기가 어려웠고, 그 죄스러움에 모든 것이 귀찮고 싫었다. 아이들도 귀찮아지고, 살림도 더욱 힘겹게 느껴졌다. 이제 지선의 모든 일은 건성이었다.

남편이 가까이 있다는 것을 느낀 기억이 아주 오래전이다. 언제이던가, 선거를 전후하여 이사 온 후 비몽사몽 지쳐 있을 때, 남편이 술김에 중얼거리면서 다가와서는 혼자 쓰러져 곯아떨어지던 때가 4년도 더 된 것 같다.

지선의 갱년기는 그 증세가 심했다. 정신은 점점 황폐해져갔다. 모든 것이 싫었고, 남편에 대한 미움과 증오는 더욱 증폭되어갔다.

남편이 미국 순방을 간다고 짐을 챙기라던 날이었다.

"며칠 동안인데요?"

"한 20여 일 될 거야. 이번 여행을 다녀와서 성과를 봐야지. 당신은 아이들 잘 챙기고 시골서 올라오는 사람들에게는 내가 당의 임무를 띠고 시찰차 갔다고 잘 설명을 해요"

여의도에서 바로 비행장으로 간다며 가방을 가지러 기사가 왔다.

그날부터 사흘 동안 지선은 모든 전화를 일하는 아줌마에게 맡긴 채 일손을 놓고 세수도 하지 않은 상태로 누워 있었다. 이렇게 몸과 마음이 아파도, 이렇게 외로워도, 이렇게 서글퍼도 식구들은 모두가 자기 일에만 분주할 뿐 지선에게는 관심도 두지 않았다.

어머니, 어머니 생각이 났다. 통곡을 하고 싶었다. 그러나 갈증만 더할 뿐 울음도 나오지 않았다. 가슴이 마구 타올랐다.

그런데 그 순간이었다. 그동안 생각은 있었지만 한바탕 꿈으로 돌리고 잊어버린 기억을 문득 되살렸다. 화장대 밑바닥에 끼워둔 명함을 찾아낸 것이다.

이영진.

전화번호만 있었다. 신호가 가도 받는 사람이 없었다. 가슴이 두근거리는 불안으로 얼굴이 벌겋게 달아올랐다. 두 번째 걸어도 받지 않았다.

낭패감이 엄습했다. 손이 떨려왔다. 숨겨둔 보석이 그 자리에서 사라져버린 것 같은 낭패감이었다. 그러면서 한편으로는 마음이 놓였다. 잘못된 것이 아니다. 이것이 정상이다.

전화국에 물어보니 고장은 아니란다.

너무나 소중한 것을 잃어버린 듯한 상실감과 실망으로 하루 내내 어둡고 깊은 우울증에 빠져 지내다가 다음날 오후 다시 다이얼을 돌렸다.

신호가 가자 "여보세요" 하는 목소리가 들렸다. 화들짝 놀라 수화기를 놓으려 했는데 저쪽에서 급한 목소리로 다그쳤다.

"여보세요, 말씀하세요!"

몇 달이 지났지만 귓속에 남아 있는 굵고 침착한 그 목소리였다. 가슴이 꽉 막혀왔다. 온몸으로 왈칵 비집고 나오는 울음 같은 것을 꿀꺽 삼켰다.

"말씀하세요"

상대를 알아차리고 끊을까봐 당황하는 다급함이었다.

"안녕하세요"

기어들어가는 목소리에는 떨림이 있었다.

"그곳이 어딥니까?"

그 목소리는 같은 공기 속에서 비비고 살아온 것처럼 자연스럽고

당당했다. 누구냐가 아니고 있는 곳이 어디냐고 묻는 것이다. 당연하다는

듯이.

지선은 온몸에 힘이 없었다. 어렵게 찾아냈을 때 느끼는 안도감 때문인지

맥이 쭉 빠졌다.

"집이에요."

그래서 두 번째 만나는 둘은 여전히 별 말이 없었다. 서로가 모르는 것이

더욱 편할 것 같기도 했지만, 얘기하는 데 시간을 소모하고 싶지 않기도

했다. 그러나 움직임은 자연스럽고 익숙했다. 옛날부터 만나온

사람들처럼.

강변을 끼고 벗어난 둘은 모든 복잡한 현실의 끄트머리로부터 멀리

달아나고 있었다.

"전화를 기다렸어요"

그는 앞만 바라보며 중얼거리듯, 하고 싶지 않은 말을 뱉듯이 짧고 조용히

말했다.

"좀 아팠어요."

"그런 것 같았어요."

"어떻게요?"

완전히 두 사람만 세상에 남은 것같이 하나처럼 느껴졌다.

"많이 지치고 힘들어 보였어요. 마음이 편치 않은 사람은 편치 않은 사람을 금방 알게 되지요."

갈색의 작업복이 잘 어울리는 영진은 여전히 앞만 보면서 차를 몰고 있었다. 그동안의 억울함, 설움과 힘겨운 고통을 일러바치고 싶고, 일러바치지 않아도 그는 훤히 알고 있을 것 같았다.

차는 아스팔트가 끝나고 비포장 도로로 접어들었다. 완전히 조용하고 깜깜했다. 지선은 낡은 스텔라의 앞자리가 얼마나 편안하고 행복한지, 처음으로 차를 타고 드라이브하는 기분을 알 것 같았다. 문득 나의 공간이 무엇인가를 생각해 보았다.

풀냄새와, 바퀴가 구를 때 이는 먼지와, 밤의 어둠이 스쳐가는 그 냄새까지 자동차 유리 사이로 스며들어와 지옥과 천당으로 가는 긴 여정의 중간으로 두 사람을 데리고 가는 것 같은 두려움과 짜릿함이 그 작은 공간을 에워싸고 있었다.

어두운 밤, 검은 구름이 달의 옆부분을 가리고 있었고, 그 사이로 비껴나는 달무리는 삶의 덧없음을 생각나게 했다.

그들은 같은 공간 안에 있어도 각자 자기 생각 속으로 깊게 빠져 있었다.

'왜 이렇게 만나게 되었을까?'

지선은 영진을 카바레에서 만났다는 생각을 한 번도 한 적이 없었다.

오래전에 떠나 버린 사람이 갑자기 돌아와 나타나준 것 같았다.

강변 갈대밭 분지에 차를 세웠다. 강바람이 목덜미와 가슴으로

파고들어왔다.

영진이 잠바를 벗어 지선의 어깨를 덮어주더니 어깨를 감싼 채 앞만 보고 걸었다.

'왜 할말이 없을까? 너무 잘 알기에 말할 필요가 없는가? 너무 모르는 것이 많아 시작할 말조차 없는가?'

아무것도 아는 것이 없는데도 모든 것이 가슴속 깊이 푸근했다. 녹초가 된 현실 앞에서 더 이상 저항하지 않았고, 그 무엇도 지선의 충동을 멈추게 할 수가 없었다. 반복된 현실의 공격은 마침내 지선을 탈진시켰으며, 자신은 그 공격 앞에 억지 쓰지 않고 굴복하고 싶었다. 역류하는 갈증, 영혼의 몸부림은 맞잡은 손길을 통하여 영진에게 고스란히 전달되고 있었다.

맥주를 두어 잔씩 마신 그들은 장막이 드리워진 어둠 속에서 알몸을 드러냈다. 누구도 알 수 없는 비밀 속의 공간은 더욱 갈증과 증오의 발산을 부추겼다. 입이 말랐고 전신의 열기로 지선은 떨고 있었다. 모든 의식은 정지되어 있었다. 그곳엔 이미 과거도 미래도 존재하지 않았다. 손끝으로 전신의 힘이 집결된 채 영진의 등과 목을 끌어당겼다.

영진은 서두르지 않았다. 그는 갈증으로 헤매는 여자를 은근하고 그윽하게 음미한다. 그리고 서서히 받아들인다. 강하게, 힘차게, 그리고 소중하게 익혀나간다. 찰나도 놓치질 않고

지선은 살아 있었다. 그리고 살아나는 정열을 처음으로 불붙이고,

확인하고, 그 속에서 타올랐다.

'이런 것이었구나. 이런 삶도 있구나.'

폭풍이 지났건만 편안했다. 죄의식 같은 것도 없었다. 뭔지 모르지만 초라하고 불편한 이 자리가 빠른 속도로 자기 소유의 분지로 자리잡는다.

"나는 한 번도 이런 경험을 해본 적이 없었소"

50살. 애들 엄마와는 원래 잘 맞지 않았고, 아이들이 중학생 때 이혼을 했다, 건축 자재 수입을 하다가 실패했다, 아들이 둘인데 대학에 다 떨어져 남자 세 식구가 함께 살고 있다, 지금 애들 엄마는 재혼해서 잘살고 있다. 그는 남의 얘기 하듯 자기 얘기를 주절거렸다.

달은 구름에 가려 있었다. 하늘에는 시커먼 구름이 바람에 휩쓸려 빠른 속도로 몰려가고 있었다. 복잡한 그 어떤 지점에 지금까지의 충동이 역류하다가 어느덧 그윽한 침묵 끝에 가닿는다.

남편은 귀국하자마자 지역구로 내려갔다. 세탁물 속에는 샤넬 로고가 박힌 빨간 여자 손수건이 섞여 있었다. 남편을 감싸고 있는 의심의 끄나풀은 지선이 받으면 끊는 전화로 거의 확실해졌다. 더러는 여자들의 공공연한 전화도 있어 더욱 선명하게 드러났다.

남편에게 지선은 밀쳐 놓은 붙박이장이었다. 남편이 지선의 눈을 한 번만 자세히 들여다보았다면, 탈진하고 무감각한 그 눈동자 속에서 살아 있는 증오의 불씨를 찾아낼 수도 있었을 것이다.

영진과 지선 두 사람의 가슴속에는 이제 서로 떨어질 수 없다는 불가항력의 자석이 서서히 자리잡아 나갔다. 전생의 운명이 지금에 와서 현세화한다는 두려움이 그들을 에워쌌다.

영진의 가슴속에는 지선의 입장을 지켜줘야 한다는 안쓰러운 현실의 고통이 있었고, 지선에게는 어쩌면 그 강을 건너지도 못하고 살아남지 못할 큰 파도와 폭풍에 쓸려가 버릴지도 모른다는 두려움이 있었다. 어둠 속의 길은 동굴처럼 입을 벌린 채 그녀를 기다리고 있었다.

'절대로 안되는 일이야. 그러니 그냥 이대로 살아가야 해. 하지만, 그러기에는 너무나 길고 힘든 삶의 연속이야. 이대로 살아나간다면 지선은 어쩌면 부서져 버리고 말지도 몰라. 아니, 틀림없이 부서질 것이다.'

지금 지선은 벽제에서 더 들어가는 곳에 있는 23평짜리 아파트에서 살고 있다. 이영진, 그리고 그의 아들 둘과 함께.

영진은 새벽 6시부터 일터로 나간다. 레미콘 차를 몰고, 건축 현장 책임도 지고 있다. 옛날에 영진을 알던 사람들은 영진의 이런 변모에 할말을 잊는다. 명문대학에서 학생회장도 했고, 징역도 가고, 수배도 됐었다. 그는 작업복에 운동화 차림으로 지선을 수영장에 내려놓고 출근한다. 지선을 혼자 두지 않으려는 배려에서였다. 영진은 어떤 경우엔 무척 활달하다가도 한편으론 나른함과 평온함을 지니고 있다. 지선은 그런 그에게서 포근함을 느낀다.

지선은 새벽불공을 드리듯이 영진의 아들들의 도시락을 싸곤 했다.

지난날의 악몽들을 잊으려는 듯 영진의 아들 둘에게 찻잔을 들고

드나들면서 혼을 바쳐 뒷바라지를 해주었다. 두 아들은 고맙게도 Y대학에

나란히 수석합격을 했다.

영진은 열심히 일한다. 너무 많은 것을 뺏긴 채 자기에게 와 있는 지선이

안쓰러운 마음에 그녀가 자식에 대한 그리움으로 미칠 땐 같이 미치고

같이 울어준다. 그렇다 해도 두 사람은 하나같이 행복하다.

200평 대지에 90평 건평의 북아현동 집은 지선에게는 힘겹고 지겨운

요새였고, 좋은 차와 풍족함은 전쟁의 전리품 이상의 의미가 없었다.

그곳엔 사랑도, 애정도, 이해도, 용서도 없이 비정과 욕망과 비릿한

증오만이 쌓여 있을 뿐이었다.

영진은 그의 누님이 주선한 일자리를 찾아 호주로 가게 되어 있었다.

지선과 영진은 이제 작별의 시간을 마주하고 있었다.

마지막 만나는 날 밤에 두 사람은 나머지 삶을 통째로 줘버리듯 너무나

절절했다. 메마른 불꽃은 한 점의 재도 남기지 않을 만큼 서로를 탐닉했다.

정이란 정은 하나도 남기지 않기 위해 확인하고 간직하려 몸부림치고

있었다.

그때 누가 호텔 방문을 두드렸다. 옆방인가 하고 그냥 있으려 했지만

아무리 멀리 가 있어도 언제나 시한폭탄을 장전한 불안은 중지된 비디오 영상처럼 멈춘 채 있었다. 더 세게 문을 두드리는 소리가 들리자 영진이 일어나 바지를 걸치고 문 앞으로 갔다.

"누구세요"

"경찰입니다. 문을 열어요"

차라리 죽음이 이 순간보다 나으련만 아무 준비 없는 죽음은 불가능했다. 지선은 손으로 아무것도 움켜잡을 수가 없었다. 사시나무 떨듯이 떨 뿐이었다.

"잠깐만 기다리세요"

영진이 침착하고 부드럽게 지선에게 옷을 입혔다.

"걱정마, 내가 있잖아요. 잘됐어. 자, 이젠 어차피 이 고비를 넘겨야 돼요"

그리고는 지선을 힘껏 안아주었다. 지선은 자기 몸을 추스를 의지조차 남아 있지 않았다. 그녀는 픽 하고 쓰러졌다. 그러면서도 지선에게는 자신의 심장 소리가 쿵쿵 들리고 호흡이 가빴다.

밖에서는 문을 더욱 세게 두드렸다. 문을 열어주자 경찰이 들어왔다. 의식을 잃은 지선은 앰뷸런스에 실려 병원으로 갔다. 길 건너편 낯익은 승용차에 남편과 또 한 사람이 더 타고 있었지만, 지선은 볼 수가 없었다. 언론을 의식한 남편의 선택으로 영진이 풀려났고, 그 이후로 지선은 북아현동에 있는 아이들과 자기의 집엔 한 번도 가보지 못했다. 사랑하는 아이들의 얼굴도 볼 수가 없었다.

다섯 자식에게 어머니는 상처와 배신만 안겨줬다. 평생 지울 수 없는 아픔을 준 것이다. 엄마를 그렇게 따르던 막내라도 만나려고 했지만, 큰딸이 냉정히 거절했다. 가족 회의에서 아버지와 결정한 약속을 지켜야 된다는 것이었다.

"우리에게 더 이상 혼란을 주지 마세요. 엄마는 엄마의 길을 가세요. 우리는 아버지 모시고 우리끼리 해볼게요."

딸은 엄마의 얼굴을 외면한 채 다시는 보고 싶지 않다는 말도 덧붙였다. 그 아이는 엄마의 딸이기를 거부하고, 아버지의 딸임을 표정으로 애써 강조했다.

영진이 잠깐 일을 쉬고 있을 때 다른 사람과 사무실을 같이 쓴 적이 있었다. 그 남자가 정상덕 의원에게 돈을 받는 조건으로 지선과 영진의 관계를 알려주었고, 남편이 그날 미행을 했던 것이다. 그 마지막날의 운명이 지선을 영진에게 돌아오게 한 것이다.

상덕은 자기 식대로 냉혹하게, 무섭게 안방 열쇠를 숨겨 놓은 채로 실크 블라우스 하나 입히지 않고 그대로 내쫓았다. 그 모든 것이 지선의 것이었는데도 상덕은 모든 것을 다 빼앗고, 모든 것을 다 이루었다. 그리고 지선은 버려졌다.

지선은 갈 곳도 없고, 찾아갈 사람도 없었다. 동창회에서도 제명되었다. 너무 부끄러운 선후배로 낙인 찍혔다.

지선의 죄는 너무나 성실하고 훌륭한 남편을 버리고 춤바람이 나서 제비와 서방질을 한 년이 자식을 다섯이나 둔 채로 집을 나갔다고 되어 있다. 남자에게 환장해서 나간 년이라고 지선이 마지막으로 달고 다니는 명찰이었다.

하나도 틀리지 않다. 다 맞는 말이다. 설명을 할 수 없기 때문에, 아니 변명을 할 수도 없기 때문에 지선은 몇 번을 죽었으면서도 살아 있어야 했다.

그후 삼양동 산꼭대기 월셋방에서 지선은 살아 있었다. 큰딸 결혼 때까지 기다리고 있었다.

자식들이 엄마를 찾지 않을까, 막내만은 용서해 주겠지.

지선은 자기 육신에 인두질을 하는 하루하루를 보냈다. 아이들 생각에 밤낮으로 미쳐 있었다.

'차라리 죽음은 산뜻하다. 그러나 지은 죄가 무거워 짊어지고 갈 수가 없다. 자식을 위해 해줄 일이 있었으면. 죽음같이 편안한 길을 갈 수가 없다. 더 고통스러워야 돼. 이보다 더 아픈 고통을 나는 겪으려 했다.'

그러나 추석이 지나고, 설도 지나고, 해가 바뀌어도 속죄할 길이 없었고, 누구도 찾는 사람이 없었다.

아이들의 생활이 불편하다는 핑계로 상덕은 누구도 반대할 수 없는 처녀결혼을 서두르게 되었고, 아이들은 엄마에게서 받은 배신감과 충격으로 다른 여자를 새엄마로 보아줄 수밖에 없는 절망도 겪어내야 했다.

‘이제는 죽을 수 있어 다행이다.’

지선은 그 모든 굴레에서 벗어나고 싶었다. 잊어버리고 싶었다. 그것은
죽음뿐이다.

영진은 하루도 빠짐없이 지선을 만나지도 못한 채 먹을 것을 사가지고
와서는 마루에 두고 갔다. 지선은 영진과 마지막 이별을 해야 했다. 두
사람은 뼈와 가죽만 남았다. 그러나 정신은 어느 때보다도 맑고 깨끗했다.

“다른 생각은 하지 마. 어차피 그러면 나도 따라갈 테니까.”

영진은 지선에게 비정하게 내뱉는다. 지선이 무슨 선택을 할 것인지
꿰뚫고 있기 때문이었다.

“그 집 아이들은 어쩌구요?”

“당신 아이들도 그대로잖아.”

마주 보는 두 사람의 얼굴에 체념과 사랑으로 해쓱한 평온이 자리잡는다.
지선은 아이들 얘기를 할 때면 톱날로 명치를 자르는 것 같았다. 망치로
정수리를 쿵쿵 때렸다. 생각을 하면 지선은 미쳤다. 웃옷을 벗어던졌다.
물도 한 모금 마시지 못한 채 열흘을 열병을 앓고 난 뒤 지선은 생각했다.
‘그래, 살아서 내 아이들에게 내 죄를 갚을 길을 찾자. 기도라도 매일 하자.’
정신이 들었을 때 영진이 문 앞에 서 있고, 그 뒤에 두 청년이 서 있었다.

“짐을 챙겨.”

아들에게 말한 영진은 방으로 들어와 지선을 일으켰다. 솜처럼 가벼웠다.
영진은 가슴이 콱 막혔다. 너무나 아팠다. 방바닥에 늘어진 옷가지와

가방을 챙겨 아들에게 건네준 영진이 말했다.

"업혀."

"내가 걸을게요."

"안돼. 업혀."

"괜찮아요"

사람의 몸이라고 할 수 없이 가벼워진 지선을 업으면서 영진은 흐르는 눈물을 닦을 생각도 하지 않고 울고 또 울었다.

자루냄비 두 개와 주전자, 수저 한 벌, 얻어온 김치통, 버려도 될 법한 것들을 라면 박스에 담은 그들은 밖에 세워둔 택시를 타고 지금의 벽제, 작은 아파트로 온 것이다.

지선은 언제나 죄갚음을 하듯이 상일과 상훈, 새로 생긴 두 아들을 챙기고 보살폈다. 그 아들들은 친어머니에게 하는 것보다 더 극진한 관심과 사랑으로 새엄마를 돌보았다. 그 가슴에 뭉친 응어리를 알고 있다는 듯이. 아들들은 장학금을 타고 아르바이트를 해서 번 돈을 새엄마에게 그대로 쥐어주었다. 밤잠을 깨워주던 새엄마에게, 새벽에 뜨거운 밥으로 정성을 다해 준 새엄마의 은공을 상일과 상훈은 갚아나갔다. 사람에게도 이렇게 따뜻함과 평화로움이 있다는 것을 처음으로 느낀 지선은 비로소 마음을 놓았다.

영진은 작고 초라한 아파트에, 덜컹거리며 시동이 잘 꺼지는 스텔라 자가용에 누구보다도 행복하고 완전한 사랑을 채워주었다.

멍이 시퍼렇게 든 이 가련한 여자에게 세 남자는 오늘도 기쁨조처럼 웃기려 든다. 달 밝은 밤이면 손을 잡고 나가 큰길가에 있는 카페에서 진토닉을 마시기도 한다.

봄이면 지선은 새순이 나오는 어린 쑥을 바구니에 뜯어담아 세 남자를 위해 맛있는 쑥국을 끓인다.

엄청나게 무겁고 큰 것을 뺏겨 버린 그녀에게는 너무나 작지만 보석처럼 값진 행복을 안겨주는 가족이었다. 죽음보다 무서운 시련을 치른 대가로 이 작은 행복을 찾은 것이다. 그 가슴속은 시꺼멓게 멍든 자국과 돌로 맞은 상처가 아물지도 못한 채로 딱지 앉아 있다.

그후 두 아들은 성실한 사회인이 되어 어머니를 극진히 받들었다. 영진의 사업이 제법 자리를 잡아 지선에게도 작은 새차를 사줄 수 있는 형편이 되었다.

그 다음 선거에 떨어진 상덕은 변호사로서 교사 출신인 후처와 겉으로 보기엔 조용히 살고 있다. 옛날 지선이 살았듯이.

큰딸은 미국으로 가서 결혼식을 올렸고, 둘째도 미국에서 공부하고 있다. 그러나 지선은 희망을 버리지 않는다. 언젠가는 내 사랑하는 아이들이 이 엄마를 용서해 줄 것이고, 이해해 주리라고 믿으며 기다리고 있는 것이다. 그리고 그 얼굴을 보여줄 것이라고

나는 참으로 따뜻한 가슴으로, 신기한 눈빛으로 황지선 그녀를

바라보았다. 그 헬스클럽에 오는 어떤 여자보다도 그녀는 대단한 사람이다. 누구나 그렇게 할 수도 없거니와 해내지도 못할 일들이다. 아니 누구도 겪을 수 없는 일을 지선이 겪은 것뿐이다. 나는 가끔 그 진실을 차지한 지선을 옆에 두고 삶의 의미를 생각할 것이다. 운명은 받아들일 수밖에 없는 것이지, 도망가도록 두지도 않는다. 그 모든 굴곡의 선택은 지선의 몫이기 때문에 누구도 거들거나 돌을 던질 수 없을 것이다. 누구나 지선을 향해 돌을 던져왔지만, 이제 누가 그녀를 짓밟을 수 있겠는가. 부부간의 깊은 감정의 상처에 누가 감히 돌을 던질 수 있겠는가.

여자에게 사육당하여 슬픈 남자

그 남자는 정상적인 단계를 거치고 순리대로 진급해 중앙정부 중소기업청의 차장으로 있었다. 강원도 산촌에서 그 지방의 고등학교를 나와 서울의 명문대를 졸업한 그는 행정고시를 거쳐 과장, 국장을 두루 역임한 후 차장까지 승진한 케이스이다. 그곳은 특히 비리나 뇌물사건 등으로 옷을 벗는다거나 구속되는 사건이 신문에 심심찮게 오르내린다. 그만큼 정부기관 중에 비중을 크게 차지하는 곳이기도 하다.

그는 큰 키에 사람들의 시선을 끌 만큼 풍기는 분위기가 괜찮은 남자였다. 고급관리직에서 몸에 배인 적당한 품위와 고급스러운 분위기까지 잘 유지하는 남자이기도 했다. 다만 자세히 지켜보고 있으면 큰 눈은 불안하고 겁에 질린 듯했다. 당당하고 자신감이 있는 편이 아니라 행동이 조심스럽고 매사에 잘 놀라는 심약한 형이다. 그것은 시골 출신들이 갖는 조심성 같은 처세일지도 모른다. 그래도 자기 마음에 끌리는 사람에게는 느물거리고 자기의 본색을 드러내며 호색한처럼 위장하여 즐길 줄도 아는 남자처럼 행동하기도 했다.

그러나 타락하거나 어떤 질서를 깡그리 뭉개는 짓은 상상도 못하는 겁쟁이였다. 모범생처럼 직장과 가정, 그리고 아내가 인정하고 알고 있어야 되는 모임에만 참석하는 남자였다.

그는 불고기집이나 대중이 모이는 식당을 주로 이용했다. 그러나 어쩌다 조용한 살롱이나 술집에서 모임이 있을 때면 어김없이 그의 아내가 끝날 때쯤 차로 데려가는 것이다. 그러니 애초에 고개를 움츠리고 나올 그런 곳은 갈 엄두를 내지 못했다. 모 언론기관장의 딸인 그 부인은 대학 때 만난 이 남자를 '촌놈'쯤으로 무시하다가 그쪽이 속썩이지 않고 편할 것 같아 골라잡아 결혼했기 때문에 항상 남편을 무시하는 버릇이 있었다. 가장이기도 하지만 아내에게 길들어져 언제나 그 굴레에서 벗어나지 못하는 내성적인 이 남자를 그 아내는 자기 아들들과 같이 길들이고 아들과 똑같은 옷을 사 입히고 외식도 같이 하며 어디를 가도 세 남자와 같이 다니려 했다. 자기의 안목과 센스만 믿으며 그렇게 식구들을 길들여 나간 것이다. 그러나 때로는 아버지처럼 의지하고 기대며, 자기는 아무것도 모르는 척, 어떤 것도 할 줄 모르는 어리석고 철없는 계집아이처럼 굴기도 해 이 남자를 꼼짝 못하게 만들었다.

그래서 집에서 오는 전화를 받으면 이 남자는 늘 놀랐다. 여자가 화를 내면 꼼짝 못하고 이유가 뭐든 사정이야 어찌 됐든 무작정 달래고 빌고 말았다. 그 여자는 남편에게, 당신이 갈 곳은 오로지 우리 가정, 우리 가족밖에 없다는 것과 그 외의 것을 알면 모두가 파멸할 뿐이라는 것을 언제나 최면을 걸어 주입시켰다. 아침 출근시와 퇴근시에도 확인시키기 일쑤였다.

그러나 그 남자는 간혹 엉뚱하게 탈출하려 시도하기도 하고, 또 다른

자기의 모습을 찾아내려 고개를 외로 꼬며 고심하기도 했다. 출장을 갈

때는 자기가 단골로 다니던 칼국수집 여자에게 같이 가자고 떼를 쓰기도

했다. 그러나 그 남자를 알고 있는 어떤 여자도, 친구들도 그 남자에게

시간을 주고 싶어하지 않았다. 그 여자의 그림자가 항상 이 남자의

주변에서 맴돌고 있다는 것을 금방 느꼈던 것이다. 수시로 핸드폰으로

확인해 주고, 어디에 있으며, 누가 함께 있는지를 알려주기 때문이었다.

누구도 그 남자의 의지를 믿지 않았다. 그는 자유로운 성격이 못 되며 줏대

없는 남자로 소문이 나 있었다. 등산, 낚시, 테니스, 바둑 등 직장 동료들의

모임도 많이 있지만 그 여자가 먼저 나서기 때문에 스스로 어떤 핑계를

대고 나가지 않았다. 대신 집에서 낮잠을 잤다.

"여보, 우리 도시락 싸서 테니스코트나 갑시다."

여자는 나서기를 좋아해 사람이 모이는 곳에 자주 나타나려 했다.

이 부부가 나타나면 남자들은 농담도 골라서 해야 했다. 신경이 날카로운

그 여자의 입에 흉이나 잡힐 것이 뻔하기 때문에 사람들은 말들이

없어지고 각자 흩어져 버렸다. 그래서 그 남자는 테니스코트에도 갈 수가

없었다. 가봐야 찬밥 신세가 될 게 뻔하기 때문이었다.

"거기에 나오는 사람들은 쩨쩨하고 재미가 없어. 집에서 그냥 쉽시다."

그렇게 얼버무리고 남자는 집에서 시간을 보내려 했다.

이 부부는 집에 틀어박혀 있어야 비로소 조용하고 편안했다. 아니 편안한 척했다.

시간이 흐르면서 그런 남자에게도 드디어 한계와 시련이 닥쳤다. 승진을 못하면 옷을 벗어야 되는 시점이 온 것이다. 그 남자는 찾아가 부탁을 할 만한 선후배도 없었고, 허심탄회하게 얘기를 나눌 가까운 친구도 없었다. 그의 아내는 남편의 모든 것을 사육했지만 세상의 인심을 좇을 줄도 몰랐고 물정도 모르는 집안대장이었다.

대통령선거운동이 한창이던 어느 날 서 차장은 나를 찾아왔다. 나름대로 꽤 많은 자료를 가지고 구체적인 선거전략과 인재등용의 원칙, 지역민심의 색깔을 파악한 자료들이었다. 그것은 굉장히 구체적이고 과학적으로 도표를 그려서 깊이, 많은 시간을 들여 연구한 것으로 보였다. 운명을 그대로 수용하기보다는 뒤집어보려는, 마지막으로 한번 뛰어보려는 의욕으로 몇 개월 동안 리포트에 매달렸던 모양이었다. 그것은 그 남자에게는 엄청난 용기였고, 지금까지 우유부단했던 일생을 바꾸어보려는 결연한 변화이기도 했다. 그 파일을 대통령선거 참모나 측근에게 전해 달라는 것이었다.

나는 그 요구를 받아들이는 게 현실적으로 쉬운 일이 아닐 줄은 알았지만 일단 받아두었다. 그러다 그것을 전할 시기를 놓쳐 버렸다.

그 파일을 들고 왔을 때, 약간은 나태함과 나른함까지 있는 평소의 그답지 않게 그 남자는 적극적으로 설득력있게 설명을 하려 했고 자기의 역량을 최대한 발휘한 그 파일의 위력을 꼭 알리려는 집념이 대단했다. 그때 그 남자의 눈동자는 마지막 발악으로 벌겋게 충혈되어 있었다.

그러나 그 일은 끝내 묻혀졌고, 나 스스로도 그 일을 추진하고 싶은 의욕이 일어나질 않았다.

대통령선거는 끝났다. 개각발표가 있었고 후속으로 청장이 발표됐을 때, 그 남자의 후배인 국장이 차장을 건너뛰어 청장이 되었다. 나는 그럴 수도 있구나 하고 생각하면서도 의아한 마음을 떨쳐 버릴 수가 없었다.

그가 어느 날 석양에 나를 찾아왔다. 단정하고 깔끔하던 예전의 모습이 아니고 약간 풀어진 몸짓과 히죽거리는 표정을 본 나는 다소 불안한 마음을 감출 수 없었다. 아직도 이른 시간인데 소주를 한잔 하자고 하는 그의 웃음이 세상을 비웃는 듯하기도 하고 슬프고 원한에 찬 빛을 확실하게 띠기도 했다.

그는 청장 취임식에서 전작이 있었고 사표를 내고 오는 길이라고 했다. 몸짓은 술주정뱅이처럼 과장되어 보였고 넋두리를 늘어놓는 목소리는 갈라졌다. 그의 말에 의하면 그때 자기가 갖고 다니던 그 파일을 후배에게 전해 주었더니 그후배가 정작 가까운 선거참모에게 전달했고 그 공로로 그후배는 일약 청장으로 발령이 났다. 그러니 그후배 밑에서 일할 수가 없어 사표를 내고 말았다는 것이다. 옛날 이야기 같은 사실이었다.

그 남자는 행정고시 합격 후 오직 한 길을 걸으며 각 부처의 과장과 국장을 두루 거쳤다. 겁이 많고 다소 소심한 그 남자는 별다른 사건 없이

차장까지 왔다. 그는 평소 가정적이기만 했지 친구교제도 없을 뿐만 아니라 선후배를 챙길 줄도 몰랐다. 그러다가 결국은 자기가 오랫동안 심혈을 기울여 연구한 파일이 그후배를 그 정책 연구의 주인공으로 둔갑시킨 것이다.

갑자기 불어온 폭풍은 숨 돌릴 여유도 없이 몰아닥쳤다. 충격과 울분은 일상의 욕구불만과 맞물려서 어떤 쓰디쓴 맛도 결코 이 충격을 말살시킬 수 없을 정도로 이 겁 많은 남자를 때려눕혔다. 절망 속으로 밀어붙인 것이다. 부서지고 깨지는 경험을 습관처럼 해온 이 남자는 막바지에 와서 처음으로 발돋움하려는 용기를 냈지만 이미 늦었고, 운명을 뒤바꾸는 태풍의 직격탄을 피할 수 없었다.

언제나 두려움이 고여 있던 그 두 눈 속에는 엄청난 고통과 애환이 조롱 섞인 채 담겨 있었다. 그의 조롱하는 듯 슬프고 원한에 찬 웃음과 한편으로는 나약하게 신음하는 모습이 너무 측은해 보였다.

감정의 움직임 하나하나도 변화무쌍한 표정으로 나타났다. 경련하는 듯한 갖가지 충동이 어찌나 강력하게 표출되는지 보는 사람의 기분까지도 언짢게 할 정도였다. 불안과 열광과 변덕이 한데 뒤섞여 타락한 사람처럼 보이기도 했다. 나는 더 좋은 일이 생길 수도 있을 것이라고 위로했지만 나약한 그 남자의 충격이 전염된 것처럼 나도 덩달아 어리둥절하고 어지러웠다.

그 남자는 없는 객기를 짜내며 어울리지 않고 익숙지도 않은 욕설을 토해 내려고 무진 애를 쓰고 있었다. 나를 편안한 상대로 여기고 거침없이 뱉어내는 독설을 나는 죄인마냥 고스란히 들어주어야 했다.

"내가 술을 너무 많이 마시는 거지?"

그는 늙어 보였고, 자신도 그걸 알고 있었다.

오르는 술기운 때문에 더 이상 아무것도 기억나지 않게 되었을 즈음 슬픈 얼굴을 한 그 남자는 기가 빠진 어깨를 짊어지고 어둠 속으로 묻혀들어갔다.

그 전에도 그는 승진을 하거나 신변에 변화가 있을 때면 느닷없이 나를 찾아오곤 했다. 그 남자의 신변에 관심이 전혀 없는 나에게 자기의 옮긴 자리를 알려주기도 하고 하는 일의 성격을 설명하기도 했다.

퇴직한 일년쯤 후 어느 날 그가 나를 찾아왔다. 일년 동안에 앞머리는 희끗희끗하고 버석거리는 게 많은 변화를 겪었음을 짐작하게 했다.

겁먹은 듯 보이던 눈동자는 긴장이 풀린 회색빛이었고, 윤기 없는 얼굴에는 주름이 군데군데 패여 있었다.

그는 그동안 여의도의 은행연합에 비상임으로 나갔으며 그것도 이번주로 끝나기 때문에 홍성으로 가서 농사나 짓겠다고 말했다.

"가기 전에 한번 만나보려고 왔지."

그는 얘기하는 도중에도 허리춤을 벌려 호출번호를 보았다. 그리고는 핸드폰을 꺼내더니 지금 있는 곳과 어디에 가서 무엇을 할 것인지도 열심히 설명했다.

나는 뭔지 모르는 측은함이 울화로 바뀌었다. 언제나 뒤에서 친구들이 자신의 아내 얘기를 화제로 삼고 있는데도, 이 남자는 지금도 허리춤에 호출기를 찬 채로 행선지를 밝히고 있다니! 직장의 동료들이나 동창들 사이에도 이 남자보다 그 여자가 더욱 소문의 대상이 되어 있었다.

"팔자지 뭐, 이제 어떻게 하겠어? 시끄러운 게 싫고 홀아비가 되기 전에야 방법이 없지 뭐."

그는 한숨을 삼키면서 말한다. 익숙한 체념에 안주해 있고 용기나 의욕은 특별한 인간이나 가질 수 있는 전유물이며 자기와는 전혀 상관없는 것쯤으로 여기고 있었다. 마음에 거슬리거나 지긋지긋한 그 무엇도 원망할 줄 모르는 그런 다행스러운 성격의 소유자였다.

"시골로 가기 전에 저녁이나 한번 살게. 전화번호 적어 놔요."

나는 오랜 세월 쌓인 우정을 조금이나마 표현해 주고 싶었다.

"별로 할 일도 없어. 내가 잘 안 나가니까. 여자 아이한테 전해 놔요 내가 떠나기 전에 다시 연락할 테니."

그러나 나는 그가 하는 말에 귀기울이지 않았다.

사람의 모습과 몸짓이 저렇게 변할 수도 있을까? 긴장한 표정과 단정하고 조용한 몸짓은 어디로 가버리고 억지로라도 추스르지 못할 것같이 풀어진 채 헐렁거리는 모습이 마취에 걸린 듯한 멍청한 상태로 발 가는 대로 걷고 있었다.

"지금 어디로 가요?"

저런 남자는 시간을 어떻게 보내는지가 궁금했다.

"기원에 가서 바둑이나 두지 뭐."

공중으로 쳐든 한 손을 힘없이 떨어뜨린 채 그는 멀어져갔다. 모든 움직임이 마치 풀린 나사 같았다. 그의 오랜 경륜과 실력이 참으로 아까웠다. 한 인간이 이 사회에서 어떻게 허물어져 가는가를 두 눈으로 지켜보는 것 같아 마음이 무거웠다.

그날 저녁 우리의 야간 모임에는 오랜만에 장관과 은행장을 지낸 R씨가 참석했다. 오랫동안 일본 재벌 회사의 고문으로 있던 그는 한일 합작으로 경영 컨설팅 회사를 한국에다 설립하려 한다고 했다. 얘기 끝에 R씨는 정부 부처에 경험이 있는 고급관리 출신이나 은행업무 전문가 몇 사람이 필요하다고 했다.

우리 모임은 사업하는 사람들이 대부분이라 대화는 주로 사업상 정보교환을 하기도 하고 가능하면 서로에게 협조하고 도움을 주려는 분위기이며 오랜 친분으로 푸근하고 허심탄회한 편이다.

나는 오랜 친구인 R씨에게 서 차장 얘기를 했다. 그 정도의 경력과 실력이면 안성맞춤일 것 같았다.

"성실하고 얌전한 사람이에요 중소기업청 차장으로 퇴직한 사람인데 한번 만나보세요 요즈음 그런 사람 만나기도 쉽지 않을 거예요"

나는 지나치게 서두르지 않으려고 노력하면서 열심히 그 인물을 좋은 쪽으로 설명하려 했다.

"잘 알아요?"

R씨는 내가 사람을 아무나 추천하지 않는다는 것도 알고 있었다. 오랜 친구인데다 이제껏 어떤 일도 부탁한 적이 없었다. 직선적이고 적극적인 R씨는 유능한 경제전문가로 소문나 있으며 속전속결로 일을 처리하는 능력가로 정평이 나 있었다.

"그래요 그럼 내일 나한테 좀 들어오도록 해줘요 일본인 회장이 가기 전에 같이 한번 만나보게. 모레 아침 비행기로 회장이 떠나니까 그 전에 연락이 되도록 힘을 써봐요"

나는 명함을 받아두었다.

그 친구의 경력과 장점을 들은 R씨는 한국측 책임자로 두 사람을 뽑아보겠다고 했다. 가능하면 내가 추천한 서 차장과 모 은행의 전무를 추천할 생각이라며.

단정했던 그 친구의 일년 전 모습과 흐트러지고 김 빠진 며칠 전의 모습을 떠올리며 모처럼 좋은 일이 있었으면 좋겠다고 생각하니 먼저 가슴이 훈훈해졌다.

평소에 나는 다른 사람의 거취 문제나 진로 따위에는 신경쓰지 않는 성미였다.

다음날 10시경 그 친구가 적어준 번호로 전화를 걸었다.

"서 차장님 나오셨어요?"

"안 나오셨는데요"

"몇 시쯤 나오시는데요?"

"잘 모르겠어요"

어떤 의무감이나 책임감도 없다는 듯 나태한 목소리였다. 무뚝뚝하고 버릇없이 전화를 받는 태도가 약간 거슬렸다.

"연락은 되나요?"

"연락을 하실 때도 있고 급하면 내가 할 수도 있어요, 댁으로"

"그럼 연락을 빨리 해주세요 급한 일이니 꼭 연락이 되게 해주세요"

2시 전에 연락이 되면 우리 사무실로 전화를 하도록 했고 그후에는 R씨 사무실로 직접 전화하라고 번호를 알려주었다. 바로 찾아갈 수 있도록.

계속 기다려도 연락이 없어서 우리 직원에게 물었다.

"혹시 서 차장 전화 없었니?"

우리 직원은 기가 막힌다는 듯이 분을 삭이며 대답했다.

"낮에 어떤 여자한테 전화가 왔는데, 대뜸 서 차장을 바꾸어달래요 그래서 여기 안 계시다고 했더니, 오라고 해서 갔는데 왜 거짓말을 하느냐고 저한테 욕지거리를 하고 끊잖아요"

나는 뭐가 잘못되어가는 것 같아 급하게 다시 여의도 사무실로 전화를 걸었다.

"아가씨, 서 차장한테 전화 연락이 안됐어요?"

"직접 연락은 안 왔고 사모님이 전화를 하셨기에 두 군데 전화번호를 알려드렸어요"

나는 심상찮은 예감이 들어 R씨 사무실로 전화를 걸었다. 그의 아내가 나섰다면 무슨 일이든지 저질렀을 것 같은 예감에 낭패감이 앞섰다.

"미스 정, 혹시 서 차장이란 분 연락이 없었나요?"

그 비서는 겸손하게 조용조용 설명을 했다.

"참 이상한 여자분이 전화를 했어요. 대뜸 서 차장을 바꾸어달라고 하길래 그런 사람 없고 오신 분도 안 계신다고 했더니 똑같은 것들이 자기를 속인다고 욕질을 하는 거예요. 조금 이상한 여자 같았어요. 전화를 끊지 않고 계속 자기 말만 하는데, 회장님께서 들어오시다가 이 전화 내용을 들으시고 걱정하셨어요. '오지 않은 사람을 어떻게 찾아내라고 하나. 안되겠구먼. 집안이 저렇게 시끄럽고 불안해서야 남자가 무슨 일을 하겠나?' 하시면서 전화를 끊으라고 하셨어요"

"미스 정, 정말 미안해요. 내가 좀 아는 사람인데, 지금 놀고 있기에 취직 부탁을 좀 해주려고 한 것이 뭔가 잘못된 것 같아요. 신경쓰지 말아요 미안해요"

"아니에요. 저는 괜찮아요. 그러나 그 남자분은 참 피곤하겠어요"

나는 가슴이 답답하고 낭패감이 온몸을 휩싸는 것처럼 울적하고 화가 났다. 여자에게서 전화가 오거나 연락만 와도 자기 남편과의 불륜 쪽으로 치부해 버리는 사람이 그 남자의 아내인 것 같다. 그렇게 그 여자는 그 남자를 자기 울타리 안에 가두어 사육하는 것이었다.

'정말 그 여자는 남편에게 아무런 도움이 되지 못하는구나.'

그후 소식도 관심도 끊은 채 시간이 지나가 버렸다.

2년 정도가 지난 어느 날 서 차장의 고향 친구가 다녀가면서 소식을 전했다. 그 친구는 퇴직 후 술만 마시고 폐인이 되다시피 한 채 혼자 등산을 다니다가 깊은 계곡에서 미끄러져 유명을 달리했단다. 3일 만에 시체를 찾았다고 했다.

"참 아까운 친구인데, 부인과 맞지 않아 항상 자기 처지를 한탄하다가 간 외로운 남자였지요."

언제나 겁먹은 눈동자가 뇌리에 머물다가 편히 눈을 감고 쉬는 모습으로 멀어져간다.

언젠가 한번 경험했던, 누구를 향하는지도 모를 분노와 울화가 치밀어, 이미 고인이 되어 버린 그 남자를 떠올리며 '차라리 그게 편할지도 모르겠다'는 억지를 쓰면서 슬며시 차오르는 아픔을, 머리를 흔들어 떨치려 했다.

그러나 자기 자신을 내세우고 지키지 못한 그 남자가 때때로 생각날 때마다 바보 같고 어리석은 사람이라고 지금도 나무라고 싶다.

삼겹살에 행복을 굽는 여자와 그의 남자

연둣빛 잎새들이 크림색 블라우스에 매달린 리본처럼 살랑거리고, 진회색 나뭇가지도 잎새의 그림자에 가리워 연초록으로 물들어 있다. 빛나는 5월의 태양에 눈이 부셔 슬며시 눈꼬리에 힘을 주어 찡그렸다.

붉은 흙과 자갈이 뒤섞인 좁은 언덕길을 올라가 흰색 쪽문을 밀치고 들어서자, 제멋대로 자란 잔디밭 가운데 들어선 집이 나타났다. 5년 된 벽오동 밑자락에는 보랏빛 꽃잔디 향기가 적막하기까지 하여 지붕 밑의 희뿌연 권태로움을 밀어내듯 코끝을 스치는 바람으로 날아갔다.

앉은뱅이 책상 위에 원고지를 펼쳐 놓고 오늘은 이 글을 꼭 써야겠다고 생각했다.

문득, 사람이 편히 지내기 위해 영혼과 육신을 아긴다는 것은 비열한 짓이라는 말이 생각난다. 삶에 있어서 자기 몫의 수치가 각각 다르다는 것을 미처 인정하지 못하는 사람들이 많이 있다. 주어진 운명을 배격하고 순리를 거역하여 무모한 도전으로 한꺼번에 몇 단계 상승을 넘보는 바람에 자멸을 자초하는 이기적이고 어리석은 인간이 얼마나 많은가.

나는 요즈음 신선한 충격으로 보고 느끼는 즐거움과 오랫동안 간직하고

싶은 간절함이 엉겨 때로는 불안스러운 경험을 하고 있다.

그 우려는 어쩌면 살아오는 동안 나 자신이 너무 많은 것을 보았고, 많은

것을 알아 버렸기 때문에 생기는 것인지도 모른다. 싱싱하고 건강한

나무들에게 누군가가 약을 주어 병들게 하거나 잘라내지나 않을까

우려하는 것 같은 불안이다. 그러나 한편으로는 그 나무들이 뿌리를 깊이

내려 튼튼히 자리잡고 있고, 잎과 줄기가 완전하게 자라 있어서 그 우려는

한낱 기우에 지나지 않을 수도 있다고 애써 자위하기도 한다.

그렇다고 내가 본 그들의 삶의 방식이 특별하다거나 새로운 것도 아니다.

너무나 평범하고 정상적인 것을 우리는 비껴가고 또는 모르는 척 지나쳐

버리는 것이다.

요즈음 내가 어떤 사건에 연루되어 함정에 빠져 있는 것을 알고 있는 그

남자는 바쁜 시간에도 전화를 걸어 다정하고 자상하게 안부를 물어온다.

그것은 자기 주변을 둘러보는 배려이기도 하다.

나는 20년 전 기자인 그 남자를 처음 만났었다. 자그마한 키에 약간 마른

체구 때문에 다소 이기적인 사람으로 보이기는 했지만 한편으로는

소탈함이 배어 있었다. 그는 오만하지 않았지만 그렇다고 겸손하지도

않았다. 약간 냉정하고 자로 잰 듯 단정한 태도는 세월이 지나도 크게

바래지 않을 것임을 짐작하게 했다. 20년이 지난 지금, 역시 그 남자는

외모까지도 크게 달라지지 않았다.

나는 정확하고 올바른 판단이 필요할 때나 나의 능력을 객관적으로
평가받고 싶을 때 그 남자를 찾는다. 그는 그 부분에서는 무안할 정도로
언제나 냉정하다. 그러나 상대방을 무시하거나 소홀하게 대하지는 않는다.
그는 너무 주관적이다, 혹은 지나치게 감상적이다,라는 등의 의견을
제시한다. 그는 남의 글을 많이 읽었고, 그의 평가와 분석은 나름대로
설득력이 있기 때문에 상대방에게 신뢰감을 준다.

그는 이루지 못한 야망을 아쉬워하지 않고, 무리수를 두는 법도 없다. 오직
주어진 일에 충실하다. 당당하기도 하고 담담하기도 했지만 그는 매사에
물 흐르듯 순리를 따라야 한다는 생활철학을 갖고 있다.

그러나 그 남자에게도 한 단계 미래의 수치가 격상하는 시기가 다가오고
있었다. 그것은 감당하기 어려운 시련을 수반하고 있었다. 잔머리를
굴리는 재주도 없고 '설마운수'에 자기를 맡기는 방법을 익히지 못한 그
남자에게 폭풍이 덮쳐온 것이다. 그것은 지금까지의 삶의 질서나 환경을
송두리째 무너뜨리고 뽑아 버릴 만한 큰 폭풍이었다. 또한 지금까지의
모든 것을 다 잃어버려야 되는 위력을 가진 파도였다.

나는 짐짓 무심하게 그가 그 고비를 어떻게 극복하는가 지켜보았다.
그의 얼굴은 갈등과 분노 그리고 불안 때문에 각이 뚜렷해졌고 날카로운
두 눈 속은 고통과 고뇌로 가득했다. 그러나 입가에는 언제나 다소
어색하긴 해도 조용한 미소를 띠고 있었고, 때로는 어금니를 지긋이

깨물고 있었다. 말없이 받아들이며 이겨내고 있었던 것이다. 밤새

뜬눈으로 지새웠어도 한결같은 표정과 자세로 자기의 크나큰 운명을

받아들이고 있었다. 때로는 종교적인 큰 힘이 그 갈등을 잠재우고

받아들이게 하는 저력이 되는 것 같았다.

그의 집안은 독실한 기독교 가정이었다. 부친이 목사였으며 동생도 목회

활동을 하고 있었다. 처가 쪽도 독실한 기독교 집안이었다.

나는 그에게 있어서 이해관계가 없는 편안한 상대였기 때문에 그의 부담

없는 의논 상대자였다. 하지만 나는 자기가 원하는 길을 찾을 수 있을

것이라는 확신을 주는 일과 관상학적으로 절대로 지금보다 잘못되지 않을

것이라는 아무 대책 없는 희망을 주는 일 외에 그에게 다른 아무것도 해줄

수 없었다. 그렇기는 해도 마음 한편으로는 말없는 그 아픔이 수면을

채우듯 내게도 번져오고 있었다.

30년 가까이 다니던 직장을 그만둔 그 남자는 갑자기 뻥 뚫린 자기만의

긴 시간을 메우느라 다방 구석이나 사람이 적은 공간을 찾아다녔다.

그곳에서 그는 노트북을 열심히 두드리며 뭔가를 집필하고 있었다.

우리는 식사 때가 되면 아는 사람들이 잘 가지 않는 곳을 찾았다. 값싸고

편안한 국수집이나 순대국밥집이나 된장찌개집을 찾아다녔어도 우리는

전혀 기죽지 않았다. 의연하고 당당한 모습에는 무슨 일에라도 최선을

다할 수 있는 준비된 성실함이 배어 있었다. 그의 꾀부릴 줄 모르고 계산할

줄 모르는 촌스럽고 순진한 태도가 옆에 있는 나를 은근히 마음 졸이게도

하고 안쓰러운 마음이 들게도 했지만 그 남자는 그 힘든 역경과 태풍을 말없이 의연한 자세로 받아들이고 있었다.

그 겸손과 말없는 수용 덕분이었는지 그 남자에게는 자신에게 꼭 맞는 일을 할 수 있는 기회가 찾아왔다. 덕분에 그는 엄청나게 바쁘고 소위 힘있다는 자리로 옮겨갔다. 나는 그때도 유심히 그 남자를 지켜보고 있었다. 환경에 따라 사람이 변해 가는 것을 너무 익히 보아왔기 때문이었다.

사람들은 대부분 지금보다 초라했던 지난 과거를 잊어버리려고 애쓰거나 아예 잊어버리게 된다. 그들은 나름대로 새로운 삶의 터전을 다져 더 큰 인격의 도량과 품위를 얻기도 하고 반대로 지난 세월을 잃어버리듯 과거의 자기 자신을 잃어버리기도 한다. 삶은 때로는 양극구조로 존재한다.

당시는 내가 너무 깊은 수렁에 빠져 허우적거릴 때였다. 그러나 나는 틈틈이 시간을 내어서 가능한 한 그 남자를 주시하고 있었다.

그는 늘 3천5백 원짜리 점심에 만족한다. 어쩌다 분위기를 내고 싶을 때에도 5천 원을 넘지 않는다. 그러나 그 남자는 맛있고 분위기있는 깨끗한 음식점을 잘도 찾아낸다. 음식점 하나 찾는 데에도 꽤 안목이 있는 편이다. 나도 그의 안목을 배우면서 즐거운 시간을 가졌다. 싸고 맛있는 음식과 아늑한 분위기의 식당이나 찻집은 몇 배의 즐거움과 편안함을 가져다준다는 것을 겪어본 사람들은 알 것이다.

그 남자가 찾는 곳은 언제나 신선하고 잔잔한 안도감과 편안함을 느끼게 하는 분위기를 가진 집이다. 그러면서 나 자신이 그동안 얼마나 허세와 실속없이 낭비하는 버릇으로 길들어졌는지 뒤돌아보게 한다. 그리고 그 대책 없는 허영심에 자성하기도 한다.

그 남자는 또 다른 면에서 좋은 점을 배울 수 있었다. 이를테면 값비싸지는 않지만 받는 사람에게 너무 소중하게 여겨질 수 있는 선물을 고르는 지혜였다. 작고 예쁜 브로치 하나라도 어디에나 달 수 있는 색상으로 고른다든지, 상대방의 입장을 배려해 주는 그 마음 씀씀이는 자주 나를 감동시켰다. 딱딱한 겉보기와 달리 따뜻한 사랑을 느끼게도 해줄 줄 아는 감성과 풍요로움이 있는 남자였다.

나는 이해관계가 얽히지 않은, 따지고 보면 생판 타인인 그 남자에게 많은 삶의 지혜와 올바른 자세를 배울 수 있었다. 또 올바른 삶의 지혜와 자기다운 삶의 자세가 뭔지 곰곰이 생각해 보기도 했다. 전에는 대기자가 되고 싶어하던 그 남자의 꿈이 요절되지 않았으면 하고 간절하게 기원했었다. 그러나 매사에 무리하게 요구하지 않는 그 남자의 철학을 알고 난 후부터는 그저 묵묵히 지켜볼 뿐이다.

그의 아내는 남편이 목사가 되기를 바라고 있었다. 그녀는 그가 성령을 받아 언제나 능력있는 목사로 훌륭한 설교를 하는 모습을 꿈꾸었다.

세월이 어수선할 때마다 나는 그와 식사를 함께 하면서 세상 돌아가는 얘기를 듣는다. 그리고 자칫 빠질 수 있는 유혹과 전임자들의 실책을 일깨워준다. 전혀 거르지 않고 말을 하는 입장이기 때문에 나는 한 마디 한 마디에 신중을 기하고 말을 아낀다.

그에게는 어디서든 메모하는 습관이 있다. 순간을 지나치지 않고 포획하는 그 예리함 때문에 약간은 사람들을 긴장하게 할 때도 있을 것 같다. 그러나 오히려 타인에게는 무엇이나 수용하는 허술함보다는 빈틈없는 자기관리가 신뢰감을 줄 수도 있을 것 같기도 하다.

오늘 나는 그 남자의 아내인 강민희를 만났다. 그 여자의 전화 목소리는 밝고 기운차서 귓속 가득 활기가 느껴진다.

지금까지 나는 내 삶에 대한 보상심리의 발동으로 내 수준에 맞는 건강 관리와 즐거움을 누릴 수 있어야 한다고 생각해 왔다. 적당히 누릴 수 있는 권리는 당연히 품위유지에 필수적이라고 생각하면서 살아왔다. 그러나 강민희를 보면서 그 건강한 사고방식에 때로는 부끄럽고 때로는 감동한다. 강민희는 큰 키의 소유자는 아니지만 그렇다고 이주 적지도 않다. 몸집은 아담하며, 약간은 풍만한 편이나 또렷하고 반듯하다. 날카롭지 않아 이지적이기보다는 감성적으로 보이고 편안하고 활발하고 귀여운 얼굴이다. 건강한 미인이라고 해야 할 것 같다.

그녀가 나의 첫책을 읽은 뒤 나를 만나고 싶다고 해 그 남자를 따라갔을 때 강민희는 삼겹살을 구워 파는 식당을 경영하고 있었다. 그녀는 언제나 짧은 퀼로트 바지와 활동적인 티셔츠를 입었다. 그리고 무엇이든 남에게

맡기기보다는 자신이 직접 뛰어야 직성이 풀리는 성미였다.

그들 부부는 일류 대학을 나온 커플이다. 그들에게는 두 남매가 있다. 아들은 과학고등학교, 딸은 일류 여대에 다닌다.

나는 처음 그녀가 삼겹살집을 경영한다는 말을 들었을 때 남편의 일과 어울리지 않는 직업에 의아함과 호기심을 갖고 있었다.

나는 이제껏 내가 하는 일에 그렇게 당당한 자부심을 갖고 즐거워하면서 살아보질 못했다. 그런데 강민희는 삼겹살을 팔면서도 철이 없어 보일 정도로 밝고 건강했다. 그리고 당당했다. 남편은 주요 일간지의 중견기자였지만 부인은 식당일과 그 일상에 충실했고 만족하며 최선을 다하고 있었다. 겨울엔 전기장판에 누워 잠깐 눈을 붙이는 잠을 맛있어 하고 다른 계절은 탁구 치는 맛으로 즐거움을 삼는단다. 마치 햇볕은 물론이고, 비바람이나 천둥까지도 언제나 웃으며 맞이하는 사람처럼 보였다.

"언니, 나는 점심영업이 끝나면 한쪽 구석 따뜻한 전기장판 위에서 살짝 한숨 자는 것이 너무 좋아요. 그리고 일어나 저녁장사를 하면 더더욱 기분이 좋고 신나요"

어느 날 남편이 직장을 그만두었을 때에도 강민희는 불안한 기색을 비치지 않았고 우울해 하지도 않았다. 오히려 남편에게 용기를 주었다.

"내가 사장이니 당신은 전무가 되어 글만 쓰고 하고 싶은 일을 해봐요"

그녀는 열심히 일을 하다 보면 걱정거리가 없어진다며 큰소리치는,

이따금씩 남편을 웃길 줄도 아는 여자이다. 그리고 삼겹살집에 드나드는 몇몇 남자들이 자기에게 관심을 보이더라며 남편을 약올릴 줄도 안다.

어느 날, 강민희는 내게 들뜬 목소리로 소식을 전했다.

"언니, 나 구청대항 탁구대회에 나가서 일등을 했어요. 상금 5만 원도 탔구요."

저녁때는 상금 5만 원의 갑절이 넘는 삼겹살을 내기도 했다. 그 우승 소식을 웬만한 데에는 전화로 다 알려둔 것이다.

그녀는 이젠 점심장사가 끝나면 낮잠 대신 가까운 탁구장에서 탁구를 친단다. 요즘은 운동으로 다져져서 얼굴이 매끈하고 반질거린다.

일요일은 남편과 교회를 다녀온 다음 등산을 간다.

"언니도 누구 한 사람 데리고 우리와 같이 가자고"

미안해 하며 옆에 있는 나를 챙겨주지 못해 안달이다.

"언니, 나 월요일 점심시간 끝나고 나갈게요. 뭔가 떨어진 것이 없나 생각해 봐요."

내가 즐겨 그리는 그림도구를 말한다.

탁구장이 쉬는 날이라 우리는 프라이스클럽에서 빵과 과자들을 사서 큰 봉투에 담아 들고 온다.

우리 두 사람은 각자 시간에 쫓겨 가방 속에 빵과 작은 캔 음료를 넣은 채 극장으로 들어간다. 영화를 보면서 몰래 뜯어먹는 빵맛은 또 다르다.

그 다음은 나를 잡아끌고 화방으로 간다. 캔버스를 다섯 개씩 사준다. 한 달 분량이다. 다음주에는 물감이나 붓 등을 빠뜨리지 않고 사준다.

나는 그녀가 힘들여 번 돈으로 나에게 뭔가를 사줄 때마다 사양 않고

받는다. 그 마음씀씀이를 거절하기가 힘들기 때문이다. 자신에게 너무

인색한 강민희는 쓸 곳과 쓰지 않을 곳을 너무 잘 가려낸다.

사실 강민희는 돈을 나보다 많이 벌지 못하는데도 언제나 나를 배려하려

하고 시간을 채워주려 애를 쓴다.

"언니, 잡념일랑 싹 버리고 그림이나 열심히 그려요"

자기는 철이 바뀌어도 블라우스 하나 사입지 않는다. 그러나 자기가

해주고 싶은 사람에게는 아끼지 않고 베푸는 즐거움을 누린다.

"언니, 이달은 장사가 잘됐어요"

적자를 조금만 면하면 당장 부자가 된 것처럼 큰소리로 자랑을 한다.

교회에도 꼭 십일조를 하며 그것이 자기의 의무라고 생각한다. 가난한

교회 목사인 시동생에게 자기가 번 돈으로 생활비를 꼭 부쳐준다. 시집

어른들에게도 적든 많든 간에 꼭 봉투를 보낸다. 그 보람으로 강민희는

열심히 일하고, 행복해 하고, 신바람이 난다.

"언니, 이달은 왜 장사가 잘 안되지? 겨우 현상유지했어요 그래도

감사해요. 그 대신 아빠가 잘되겠지 뭐."

매사에 감사함을 갖다 붙인다. 이제 남편은 청와대 비서관으로 있다.

그런데도 강민희는 만날 때마다 삼겹살 식당 얘기로 풀이 죽기도 하고

신나기도 한다. 그리고 남편의 직위에 무관심한 척 자신의 생활을 열심히

지키려 한다. 가끔은 고집 센 딸 때문에 성화를 부린다.

"언니, 기집애 때문에 속상해 죽겠어요. 누굴 닮았는지 몰라. 얌전하질 못하고 자기가 하고 싶은 것은 꼭 하고 말아야 되니, 저걸 어떻게 해요?"

"아들은 너무 대견하고 믿음직스럽고 우리집의 자랑거리야."

온몸으로 뿌듯한 행복감을 느끼듯 들떠서 말한다. 그러나 또 어느 날은 슬픔에 풀죽어 있다.

"언니, 아들은 소용없나봐. 나를 실망시켜요. 속상해 죽겠어요."

또 모든 것을 잃어버린 듯이 힘이 빠져 있다.

강민희에게 늘상 받는 것만 같아 미안한 마음에 운동복이나 하나 사주려고 백화점엘 함께 간 적이 있다. 그러나 고르다 말고 언제나 강민희에게 끌려 나와 버리고 만다.

"저런 것은 백화점 세일 때 3만 원이면 사는데, 뭐하러 8만 원씩이나 주고 사요?"

옷 사는 데에도 편안한 것이 제1의 선택 기준이다.

부부 동반으로 청와대에 들어갈 때 남편은 실제 몇십만 원짜리 투피스를 싸구려로 둔갑시켜줘야 한다. 하지만 늘상 시장 패션만 즐기는 아내에게 한번쯤은 괜찮은 옷을 사주고 싶은 게 남편 심정 아닌가?

강민희가 입고 있는 옷은 언제나 자기에게 잘 어울리고 마음이 예쁘고 디자인이 깜찍하다. 상표를 보면 늘 남대문이나 동대문에서 만든 제품들이다.

어느 날 모처럼 남의 음식도 먹어볼 기회를 주려고 롯데 호텔의 일식집으로 데려간 적이 있었다. 그러나 그 이후 일식집 점심이 너무나 비싸다고 바가지를 썼다는 원망을 두고두고 들어야 했다. 그런 곳에 드나드는 나를 이상한 눈으로 보는 것 같았다. 그리고 광화문 쪽에서 만나자고 하면 그쪽은 비싼 집만 있어 싫다고 한다.

"얘, 남편이 그런 직위에 있으면, 그리고 아이들이 다 자라면 점잖은 자리에 초대받을 수도, 초대할 기회도 생기게 마련이야. 너무 불편하게 생각하면 옆사람도 무안하니 자연스럽게 다닐 수 있으라고 데리고 간 것이야."

구차한 변명을 한참 늘어놓은 다음에 겨우 무마시킬 수 있다.

자연스런 품위라는 것에 대해 아무리 얘기해 주어도 그녀는 언제나 명동 칼국수나 족발을 먹고 싶은 메뉴 1호로 꼽는다.

나나 내 주변의 사람들이 호텔에서 먹는 밥을 두고 바가지썼다고, 다시는 안 가겠다고 생각하는 사람이 얼마나 있을까?

나는 그후 되도록 실속 없는 그런 곳에는 가지 않으려고 내 나름대로 노력해 왔다. 그러면서 값싸고 맛있는 음식을 먹는 것에 몇 배의 즐거움이 있다는 것을 배웠다.

그러면서도 노인들에게 봉사하러 가는 날에는 운전기사 노릇도 하고 의외로 돈을 기꺼이 쓰고 돌아온다.

어느 날, 부부가 각각 불평을 늘어놓았다. 압구정동에서 친구 부부모임이 있는 날이었다. 강민희는 바빴던지 아침에 머리를 자르기 위해 압구정동 미장원에 들렀다. 커트 값 2만 5천 원을 주면서 강민희는 화가 나기 시작했다. 동네에서는 파마까지 하는 데 3만 원인데, 자르기만 하는 데 2만 5천 원씩이라 너무 비싸다고 생각했던 것이다. 그러나 아침이라 참고 있는데 그만 남편이 팁이라고 만 원을 준 것이다. 3만 5천 원씩이나 주고 머리를 자르다니, 그날 기분이 엉망인 모양이었다.

남편 입장은 이랬다. 마침 지갑 속에 5천 원짜리가 없었고 아침인데다 미장원 직원이 두 사람이어서 거스름돈을 받을 수가 없어 주어 버린 것이다. 그런 남편을 두고 정신없이 낭비한다고 두고두고 바가지를 긁었다는 것이다.

그 소리를 들은 나는 그후 만났을 때 아무것도 모르는 척 시치미를 떼고 말했다.

"오늘 강민희 머리가 너무 예쁘다. 그 머리 어디서 했어? 사람이 달라 보이네!"

나는 그 머리 생각에서 그녀를 벗어나게 해주려고 한껏 부추기며 칭찬을 했다. 강민희는 거울을 꺼내 비추어보며 손으로 머리를 만져보더니 미장원 사건을 잊어버린 듯이 밝은 목소리에 힘을 싣고 말했다.

"정말, 이 머리 괜찮아요? 잘 자르기는 하는 모양이야, 압구정동이."

거울에 다시 한 번 옆머리를 비춰보더니 만족하며 목에 힘을 준다.

"어쩐지 다르다고 했다."

나는 들리도록 중얼거렸다.

기분이 풀린 그녀에게 바가지를 쓴 것이 아니라는 것을 확인시켜주었다. 그랬더니 팁 얘기는 하지도 않았다. 그날도 강민희는 내게 붓을 몇 자루 사주고 돌아갔다.

집안 어른들께도 남편이 신경쓰지 않게 용돈을 챙겨서 보낸다. 남편의 봉급이 들어오는 대통령 비서실이라고 찍힌 통장의 돈으로 제일 먼저 감사헌금과 십일조를 낸 다음 한 달에 4만 원 하는 스포츠센터에서 매일 탁구를 치고 열심히 일하고 절약할 수 있는 데까지 절약한다. 쓸 곳과 버릴 곳을 똑 소리나게 알고 있는 것이다.

"내가 사장이니까 남편은 좀 든든할 거야. 그만두어도 밥은 굶지 않으니깐."

강민희는 늘 자기의 능력과 주변에 제 몫을 할 수 있는 자기 자신을 대견하게 생각한다.

아무리 구두쇠 사장이라도 이사갈 때에는 10년 된 소파를 바꾸고 싶었던가 보다. 그 소리를 들은 남편은 그 소파가 정이 들어 도저히 못 바꾸겠다고 반기를 들었다. 그러자 금방 생각을 바꾼 강민희는 마르고 닳도록 쓰자며 금방 편안한 표정을 지었다. 그래서 남편과는 찰떡궁합인 모양이다.

그 집 식구들은 때때로 나를 당황하게 한다. 대학에 다니는 딸이 어디서 팥빙수 기계를 파느냐고 나에게 물어왔다. 왜 그러냐고 물었더니,

삼겹살집에서 자기는 아르바이트로 팥빙수를 팔겠단다. 그 딸은 엄마보다 한수 더 뜨는 실용파이다. 자기 쓸 돈은 자기가 벌어서 충당하기 일쑤였다. 사업가가 되겠다는 야무진 꿈을 갖고 있는 딸이 삼겹살집의 경영에 일조를 한단다.

그 부부에게서 난 천금을 주고도 못 사는 소중한 지혜를 산다. 구두쇠 강민희가 캔버스와 물감을 계속 사주며 잡념 갖지 말고 그림이나 그리라는 배려 때문에 캔버스를 펼쳐 놓고 다니면서 붓을 놓지 못한다. '그동안 난 얼마나 실속 없이 낭비만 일삼았는가? 베풀어야 할 때 정말 베풀었는가?' 하는 자괴감이 슬며시 일었다.
진정으로 제대로 사람답게 살고 있는 그 부부에게, 또 너무 잘 어울리는 그 부부에게 부러움과 감동을 동시에 느낀다. 동시에 확실하게 다른 잣대로 내 삶을 돌아보기 시작한다.
내 수치에 맞는 그 단계에서 나는 최선을 다하질 못한 것이다. 나 자신에게만 충실하고 보람있게 마무리하려는 이기심으로 살아온 것 같다. 남을 배려하고 남에게 베풀고 그리고 검소하게 마음을 비우고 사는 게 얼마나 아름다운 삶인가?
그 부부는 주변 사람들에게 '질 높은 삶'이 뭔가를 행동으로 보여주며 산다. 그 부부로 인하여 나는 자신만의 영혼과 육신의 안도감을 추구하는 것이 얼마나 비열한 선택인지를 깨닫게 되었다.

그동안 나는 주변 정리를 하며 편안한 노년을 위해 준비하는 데 온 힘을 다 쓰려 했다. 건강을 이유로 돈으로 즐기는 운동을 합리화시켰다. 또, 왜 써야 되는지를 생각하지 않고 비싼 음식과 좋은 곳을 찾아다니면서 이것이 제대로 먹고사는 것이라고 생각하기 일쑤였다. '내가 번 돈 내가 쓰는데 왜?' 하는 속물근성도 가세했다. 누구에게라도 가책을 느끼지는 않았다. 내가 좀 덜 쓰고 필요한 사람에게 주어야 된다는 생각은 하지도 못했다. 그리고 주변 상황에 따라 먹고 쓰고 움직이고 내키는 대로 행동했을 뿐이다.

우리는 잘 먹고 잘 차려입지 않더라도 남에게 즐거움과 감동을 줄 수 있다면 스스로도 만족하는 편안한 삶을 누릴 수 있을 것이다.

그 부부는 오늘도 자기 자신에게는 더 할 수 없이 인색하지만 남에게는 밝고 환한 미소와 큰 사랑으로 풍요로움과 또 다른 자신감을 심어주며 살고 있다. 그런 부부만 이 사회에 가득하다면 이 세상은 정말 살맛 나는 곳이 될 것이다.

오늘도 강민희는 아들이 다니는 과학고등학교에서 점심시간 봉사활동을 끝낸 뒤 구형 프라이드에 짐을 싣고 저녁시간 영업을 위해 부지런히 삼겹살집으로 가고 있을 것이다.

나는 창 밖의 벽오동을 내다보다 말고 차분한 마음으로 캔버스에 물감을 다시 칠하기 시작한다.

배꽃 같은 여자의 말 못할 이혼 사유

진희영 교수는 연노랑 은행잎이 한쪽 벽면의 유리창을 꽉 채운 조용하고 고급스러운 이태리 식당 '프린세스'의 구석진 방을 예약해 놓았다. 일요일 아침이라 교회를 다녀온 후 이곳에서 언니와 조카를 만나기로 되어 있었다.

벽에는 모네의 '수련'이 진품처럼 정교하게 걸려 있고, 그 밑으로는 누구의 작품인지 풍만하고 탐스러운 청동 여신상이 모로 누워 있다.

언니 진희숙 여사는 가슴을 꽉 채운 암울한 답답증과 침을 삼킬 때마다 헝겊조각이 걸린 듯이 편도가 부어 있어 애원과 억장이 무너지는 쉰소리로 딸에게 종주먹을 대고 있다.

수아는 고개를 들고 쳐다보지 않아도 어머니 진희숙 여사의 목줄기에 실핏줄이 퍼렇게 돌출되어 있으리라 짐작하고 있다.

"그래. 구체적으로 얘기를 좀 해봐. 죽어도 헤어져야 할 그 이유를. 천사 같은 어린 자식을 못 볼 수도 있고 부모 가슴에 대못을 쾅쾅 박으면서, 또 멀쩡한 남자 하나를 죽여 놓는 그 기막힌 사연을 말 좀 해봐. 네가 정신이 돌아 버리지 않은 이상, 내 딸이 세상에 어떻게 그럴 수가 있는지. 네 이모 있는 데서 그 기막힌 사연을 설명 좀 해봐."

진 여사는 검정 세르니 투피스의 앞가슴 단추를 열어젖히며 오렌지색 실크 스카프를 낚아채듯이 풀어젖힌다. 그러다가 동생인 진희영 교수에게 구원과 응원을 청하듯 어이없는 눈길을 맞춘다.

머리를 높이 올려빗은 진 교수는 진회색 투피스 정장이 잘 어울려 나이 50이라고 믿어지지 않을 만큼 당당하고 품위가 있다. 평소에도 진 교수는 주변에서 독특한 화술과 개방적인 신세대식 발언으로 사람들을 웃기기도 하고 울리기도 하는 능력의 소유자로 인정받고 있는 터였다.

그때까지 수아를 애처롭고 안쓰러운 표정으로 지켜보던 진희영 교수는 눈길을 돌려 언니인 진희숙 여사에게 찡긋한 후 그 특유의 강의 방식으로 또박또박 잘라서 굵고 조용한 목소리로 언니의 애통과 난동을 나무라며 주저앉힌다.

"언니는 좀 진정해요. 우리 수아가 어디 철없고 분별없이 날뛰는 아이가 아니잖아요? 수아의 인격도 존중하면서 이 문제를 풀어나갑시다."

더 이상 다정할 수 없는 목소리로 수아에게 어디까지나 너의 편이 되어 줄 것이라는 묵계라도 할 듯이 동의를 구한다.

"수아야, 이모와 얘기 좀 해도 되겠니?"

진 교수는 학생을 앞에 앉혀 놓고 교수의 권위로 학생에 대한 최대한의 배려와 관심과 사랑을 주지시키려는 부드러운 목소리로 품위있게 강의를 시작하려 한다.

수아는 식탁 밑으로 신발을 벗은 채 맨발을 신발 위에 올려 놓는다. 자신을 죄고 여미고 묶어둔 채로 그 순간들을 지나치기에는 자제력이 아슬아슬해질 것 같은 위기의식을 느끼게 될 것 같다. 뚜렷이 기억나는 죄가 없는데도 신부나 목사 앞에 대죄를 고백해야 되는 억지 같은 반항심이 슬슬 끓어오를 것 같기도 하다.

수아는 지금처럼 눈을 감은 채 있어주기만 하면 될 것이다. 두 여자의 시선이 자신의 핏기 없고 냉혹해지는 표정을 잡아끌어 내고는 더욱 집요하게 악다구니보다 차라리 더 참기 어려운 가련한 눈길을 보낼 것이다.

"수아야, 누구나 인생을 살아가노라면 실수를 할 수도 있고, 권태를 느낄 수도 있고, 오해할 수도 착각할 수도 있단다. 우리 모두가 언제나 사랑하고 행복한 마음으로 미움이 없는 생활을 한다고 생각하니? 미움을 끼고 살면서도 이해하고 용서하면서 살아가는 거란다."

냉혹한 표정이지만 저항 없이 내던진 채 숨죽인 수아의 결심을 무너뜨리고 말겠다는 집요한 의지 때문에 진 교수의 몸짓에는 안타까움을 납득시키려는 결연한 의지로 꽉 차 있다.

"우리 모두가 너를 얼마나 사랑하는지, 너희 부모가 너를 어떻게 키웠는지는 나보다 네가 더 잘 알잖니?"

"네 아버지의 요즈음 기도 제목이 무엇인 줄 아니? 수아가 겪어야 되는 모든 고통과 갈등을 자기가 대신 받겠다고 매달려서. 죽음까지도 자신이 대신하겠다고 기도드린다구!"

진희숙 여사가 중간에서 악다구니를 쓴다.

"저것이 정말 내 딸인지 모르겠어. 아버지의 말씀이 얼마나 내 가슴에 상처와 절망을 안겨주는지 너는 그것을 알겠지. 왜 아버지가 그래야 되냐고!"

"언니는 좀 가만 계세요. 수아의 얘기도 들어봅시다."

수아는 그동안 상상과 연상 속에 빠져서 현실로 돌아오려고 죽음과 삶의 터널 속으로 드나들 듯이 수없이 넘나들었기 때문에 이 모든 것이 생소한 현상은 아니다.

"수아야, 사람은 좀 약아야 된다. 현실적이든 물질적이든 정신적이든 육체적이든 네 남편만한 남자를 어디서 구하겠니? 그것은 사실이잖니?"

"학벌 좋고 인물 좋고 집안 좋아 사회적으로 인정받고 너무 예쁜 아들이 있고 돈 잘 벌어 네가 제일인 줄 알고 갖다 바치고 얘, 이 세상에는 얼마나 기막히게 가난하고 불행한 사람들이 많은 줄 아니?"

똑같이 틀어 놓은 녹음 테이프처럼 계속 돌아가고 또 반복되는 단어들이다.

수아는 잉크가 번지듯이 전신으로 퍼지는 공포와 혼란의 늪 속에서 숨이 막힐 것 같다.

어머니 특유의 일상적인 나무람이나 잔소리와 수아의 억지애교 섞인 신경질이 되살아날 때 모녀는 언제나 한바탕 싸웠다. 서로의 모녀관계를 확인시키는 사랑과 관심의 다툼이었다.

그러나 지금의 수아는 모든 친족을 몰살시키려는 살인미수범쯤으로 몰려 생선의 아가미처럼 할딱거리며 저항도 포기한 채로 자신의 거추장스러운 육신의 부분을 덮어씌우고 있다. 외면적인 수아의 생활은 철면피 같은 몰골로 변해 가고 있다.

수아는 더 이상 그들의 아우성에 강한 증오심이 끓어오름을 주체할 수가 없을 것 같다.

수아는 자신이 증오하고 있는 것이 누구인지 알고 있다. 수아는 이들이 남편과 구별할 수 없이 한통속이 되어 미웠고, 그 미움은 곧 남편에게로 더욱 지독히 돌려지고 있다. 수아는 묶은 머리 옆에 꽂혀 있는 핀을 뽑는다. 어딘가를 찢어 놓고 싶었고 피를 내고 싶다. 그래야만 저들이 쪼아대고 있는 난도질이 중단될 것 같은 다급한 공포 속에 빠져들었기 때문이다. 그 혼란이 더욱 말할 수 없는 충동으로 흔들리고 있다.

수아는 발작적으로 그 핀을 이용하여 손가락 끝을 차례로 깊이 찌르기 시작한다. 뜨거운 그 무엇이 시커멓게 손끝으로 뿜어져 터져나올 것 같다. 금세 핏방울이 뚝뚝 떨어질 듯 짜릿한 흥분이 수아를 부르르 떨며 진저리치게 한다.

자기 자식의 머리올 하나부터 발톱의 길이까지 꿰뚫고 있는 수아의 어머니는 자기 딸의 행위에서 다음에 나타날 발작을 두려워하면서 놓치지

않고 지켜보고 있다. 자해하는 딸의 절절한 핏줄의 요동을 자신의
온몸으로 대신 핥아내고 싶다. 그것은 억장이 무너지는 미움과 연민의
교착 상태이다.

"쟤가 왜 저래. 손에 피가 나잖니? 제발 그러지 마라. 왜 그러는 거야?
무엇이 너를 이 지경으로 만들어 놓았니? 강 서방이 싫어서 그러니? 그
착하고 순한 사람이 왜 그렇게 싫으냐고 묻는 것 아니냐?"

자기 눈에 비친 정상이 아닌 딸을 보는 어머니는 붉은 그 무엇을 토해 낼
듯이 충혈된 눈으로 울음을 터뜨린다.

"너무나 많아. 너무나 많아서 다 말할 수가 없어."

수아는 토해 낸다. 미친년처럼 주먹으로 제 가슴을 치고 있다.

장욱진 변호사는 슬하에 아들 현과 딸 수아 남매를 두었다. 장 변호사는
남쪽 지방의 면소재지에서 농사를 짓는 평범한 농부의 아들이었다.
거기에 비하면 진희숙 여사는 서울에서도 이름있는 사업가 집안의
장녀였다.

장욱진 변호사는 서울에서 대학을 다닐 때 진 여사 집에 가정교사로
들어가 그 집의 맏사위가 된 케이스였다. 명문대 출신에다 두뇌가
명석했고 예의도 바르며 성품이 겸손하여 진 회장의 마음에도 들었다.
그랬기 때문에 그들은 별 반대 없이 결혼을 허락받았다.

그후 고시를 거쳐 검사장까지 지냈으며 청장과 차관까지 바라보며 생활해

나갔다. 그런데 우연찮은 계기로 후배가 청장으로 승진을 하는 바람에 사표를 내버렸다. 그는 한때 정치에 뜻을 둔 적도 있었다. 그러나 공천에 탈락된 후 진 여사의 반대도 있었지만 모아둔 돈도 없었기 때문에 무소속 출마를 포기하고 변호사 개업을 한 것이었다.

언제나 장욱진 변호사 가슴속에 뙈리를 틀고 있는 것은, 아들이나 딸이 자기의 뒤를 이어 법조계에 남지 못한 것이 지울 수 없는 아쉬움이었다. 원래 어릴 때부터 병약한 아들 현은 제 수명을 다해 주는 것만도 간절한 염원이었을 뿐, 아버지의 꿈을 이루어줄 그릇이 못 되었다. 병약한 현은 한때 시도 쓰고 그림도 그렸지만 지구력이 없었다. 신문사 문화부 기자로 근무한 적도 있었지만 그것도 적성에 맞질 않아 지금은 집에서 작품을 쓰고 있다.

그러니 수아는 더욱더 장 변호사의 사랑을 듬뿍 받았다. 그녀는 기품이 있는 고전적인 미인형에다가 누구나 탐을 내는 숙녀로 자라주었다. 공부 잘하는 자식을 자랑하고 싶은 부모의 욕심을 채워주기도 했고, 재수도 하지 않았으며, 여자라면 누구에게나 선망의 대상인 E대학에 들어가 주었다.

장 변호사는 모든 친척들에게는 집안의 보배 같은 딸이라고 수아를 부추겨주었다. 딸이 피아노를 전공하는 감성적인 예술가라 법조계 후계를 이을 수는 없으니, 그 딸에게 맞는 법관 사위를 보고 싶다는 쪽으로 기대를 바꾸기로 했다. 수아에게 아들 몫까지 자연스럽게 기대하기도 했다. 가끔 취중에 내 딸은 이 세상 열 아들 부럽지 않다고 객기를 부리기도 했다.

그 사랑을 듬뿍 받고 자란 수아는 이 세상 모든 사람들이 나를 사랑할

것이라는 예감만으로 충만한 아름다움을 맘껏 과시하면서 자랐다.

미팅을 할 때에도 자신이 있었고 자기 꿈을 채워줄 인물을 못 만나더라도

초조하지 않았다. 대학 때부터 누구 하면 다 알 수 있는 집안에서 혼사말이

오가고 있는 것 같았다. 진 여사가 누구 회장의 아들이나 어느 장관의

아들을 들먹일 때 장욱진 변호사는 아직 이르다며 진 여사의 뜻을 잘라

버렸다. 저러다가 딸의 혼기를 놓치지나 않을까 진 여사는 은근히

조바심이 나기도 했다.

수아는 결혼문제를 부모님께 맡겨도 좋을 것 같다고 생각했다. 특별히

자신의 가슴을 울렁거리게 할 상대도 뚜렷이 정해지지 않은 상태였기

때문이었다.

다만 떠올리자면 머리 한쪽에 담겨 있는 형빈이었다. 그는 초등학교

학예회 때 왕자와 공주로 함께 배역을 맡았던 동창이었다. 누구든지

첫사랑 얘기를 할 때 수아는 언제나 인조 왕자옷을 입고 관을 쓴 형빈을

떠올린다.

부잣집 첩의 아들이라는 것과 어머니와 단둘이 살고 있었다는 것, 그것이

형빈이 신상의 전부였다. 그 당시 어머니는 형빈이 오면 싫은 내색을

보이며 저녁도 먹이지 않고 돌려보냈기 때문에 수아도 형빈이와 더

가까워질 수가 없었다.

같은 교회에서 성가대 활동을 했지만 서로가 워낙 가까워질 수 없는 그 무엇이 그들 사이를 가로막고 있었다. 청바지와 하얀 면티셔츠를 입은 형빈의 신선한 청결함이 수아를 문득 끌리게도 했지만, 의식적으로 피하는 형빈에게 그 이상이 아닌 같은 동지나 친구로 머물기가 더 자연스럽고 편안했다.

수아는 때때로 형빈의 잘생긴 이마와 코, 단호하고 섬세한 입술선이 보기 좋았고, 두상의 앞뒤가 짱구라 가끔 두 팔로 그 머리를 껴안아보는 상상을 하기도 하고 몸을 더듬어보는 상상으로 얼굴을 붉히며 엉뚱한 소리로 웃기기도 했다.

수아가 졸업 후 대학원에 진학했을 때 형빈은 군에 입대를 했고, 그들은 아무런 약속도 못한 채로 싱겁게 헤어졌다.

그후 형빈은 고시에 몇 번 떨어진 후 외무고시를 보아 외무부 공무원이 되어 상파울론가 어디에 가 있다는 것, 그것이 수아의 젊은 시절 추억의 전부였다. 그러나 지금도 형빈은 신선하게 수아의 머릿속에 자리잡아 있다. 우수로 감싸여 있는 그 느낌이 수아에게 애틋한 여운을 던져주고 있었다.

그러나 당시에는 그보다 황홀한 사랑으로 인생이 새롭게 시작될 것만 같았다. 뿐만 아니라 같이 시작하고 같은 꿈을 꾸는 다정한 남자가 신의 은총을 받으며 어딘가에서 자기를 기다리고 있을 것 같은 기대로 외롭지도 안타깝지도 않았다.

이렇듯 솜사탕같이 달콤하고 평화스러운 일상을 종교생활과 봉사와 희생에 빠진 채 즐겁고 행복하게 보내고 있었다.

장 변호사는 변호사로 자리가 잡혀갈수록 시시각각 변화가 다가오고 있는 것을 가족들이 제일 먼저 느낄 수 있었다.

그렇게도 수아의 결혼 상대는 유능한 법관이길 바라던 장 변호사는 이제 변호사 업무에 회의를 느끼기 시작했다. 사무장들과의 갈등 때문에 적당한 시기에 그만두고 싶다고 여러 번 얘기하는 것이었다. 이 말을 들은 진 여사는 그런 남편의 태도에 대하여 매몰차게 비판을 가하기도 했다. 공직에 있을 때보다 월등하게 많은 수입을 진 여사가 그냥 묵과할 리 없었다. 일을 할 수 있을 때까지 계속 하라는 진 여사와 적당할 때 그만둘 것이라는 장 변호사와의 사이에 가끔 냉전이 이어지던 때를 수아는 기억하고 있었다.

사윗감의 선택 기준에도 변동이 있었다. 융통성이 있고 안정되고 미래지향적인 직업을 가진 사윗감을 눈여겨보기 시작한 것이다. 그 무렵, 선배 법관이 착실한 중소기업의 회장 아들인 강철민을 소개해 주었다. 철민은 S상대를 나와 미국에서 **MBA**와 공인회계사 자격을 딴 수재로, 장차 국제회계법인을 차리려고 준비중인, 누구나 군침을 흘리는 사윗감이었으니 당연히 장 변호사의 눈에 들었다.

철민은 수아보다 다섯 살 위이지만 오히려 그것을 장점으로 부각시켜 결혼을 성사시키려 애쓰는 것 같았다.

수아가 만난 철민은 핸섬하다고는 할 수 없지만 보기에 따라서는 상당히 매력있는 풍모였다. 무언가 사람의 신경을 날카롭게 찌르는 예리함이 있었지만, 특히 눈길은 고드름처럼 투명하고 매서운 느낌을 주었다. 이태리풍의 엷은 갈색 캐시미어 가디건에 알마니풍의 조그만 안경을 낀 모습은 상당히 스마트하고 이지적으로 보이기도 했다.

그리고 수아와의 만남에서도 상대를 위해 많은 관심과 성의를 갖추어 준비하고 있었다. 수아의 가족관계, 취미, 건강상태, 전공과목 등 오히려 수아가 잃어버린 미래의 꿈까지도 일깨워주는 듯 속속들이 알고 있었다. 미국생활 중 여행을 많이 한 탓으로 말솜씨도 상당했고 예의가 밝고 겸손했다. 다만 실핏줄이 파랗게 드러나 있는 손등과 유난히 희고 깨끗한 손가락이 엄지손가락 끝을 맞대어 고리를 만들었다가 무엇을 두드리듯 혹은 후벼파듯 하는 손놀림이 묘한 형상으로 눈에 띄었다. 그 동작은 섬세한 조작에 상당히 익숙한 놀림이었다.

불행 혹은 미움, 그 다른 어떤 부정적인 아무런 갈등들을 상상하지 못했던 수아는 모든 사람들의 부러움을 사면서 철민과의 새출발을 시작했다.

철민이 평소처럼 7시에 헬스클럽에 나가자 수아는 잠에서 깨어나지 않은 것처럼 깊이 파묻혀 있던 몸뚱이를 늙은이처럼 뭉그적거리며 일어나 거실로 나갔다.

그녀는 바다 한가운데에 빠져 있는 것 같은 거실을 가로질러 밖으로 나갔다. 수평선을 뚫고 퍼져나오는 시뻘건 하늘은 금세 컴컴한 새벽을 몰아낼 듯이 물들여나간다.

수아는 거실 가죽 소파에 다시 모로 누워 아직도 회색천에 검은 물감을 풀어 놓은 반대쪽 하늘을 보며 공포 속의 안전지대를 확인하고 안심한 듯 눈을 감는다.

네 살짜리 동준을 데려간 지 한 달이 되어가는 것 같다. 에미인 수아의 몰골이 연일 축나는 것을 보고 혹시나 동준의 동생이나 볼까 하는 시부모님들의 기대도 있었을 뿐만 아니라 할아버지인 강 회장이 큰아들에게 사업을 물려준 뒤 허전해 하시는 것을 본 할머님이 동준만 있으면 할아버지께서 시간 가는 줄 모르고 즐거워하신다는 두 가지 이유를 대며 동준을 데려간 지가 한 달 남짓 되었다.

큰아들에게는 딸만 둘이 있었기 때문에 동준이 태어날 때부터 두 분의 관심이 지나쳐 큰집 보기가 민망할 정도였다.

데려가시지 않으면 수시로 오시기 때문에 동준이 큰댁에 가 있는 것이 수아에게도 편할 때가 많았다.

부산에서 바다가 인접해 있어 제일 좋은 위치에 있는 로열층의 82평 아파트에 매일 드나드는 파출부를 최근에는 하루 걸러 오게 했다.

수아는 결혼 후 잉크가 번지듯이 자신의 내면에 번지기 시작하는 뜻하지 않은 기억과 느낌을 애써 지우려고 노력했다. 그 느낌이 이제는 목까지 차오르더니 최근에는 또 다른 욕구로 비틀거리고 있었다. 그 욕구가 얼마나 지나치게 무모하고 비상식적이라는 것은 그 이후의 일을 상상하지 않아도 그 욕구의 싹이 자기 내부를 점령하기 시작할 때부터 깨닫고 있었다.

수아는 수용소를 탈출하는 포로를 상상해 보았다.

어느 달 없는 밤, 강물에 뛰어드는 탈출을 시도한다. 그의 행위는 분명히 무모하고, 죽음을 불러일으킬 위험한 모험이다. 그는 비상식적이고 반사회적이며 비인간적인 대가로 극형에 처해질 것을 짐작한다.

그런 상황들이 하나하나 수아의 머릿속에서 뱅뱅 돌며 넘실댄다.

시일이 갈수록 수아 자신의 몸에 번지고 낙인찍힌 흔적과 자국이 뚜렷이 흉터로 남아 있다. 그 흉터를 다시 꼬챙이로 찔러 피와 고름과 살덩이로 범벅이 되도록 휘젓는다.

수아는 하루빨리, 가능한 한 영원히 그 고통을 망각할 수 있기를 바랐다. 외면적으로는 여전히 은밀한 보호 속에 모든 행복이라는 이름으로 포장된 생활이 계속되고 있었다.

철민의 멋진 연기 실력은 모든 사람의 의식을 꼼짝없이 사로잡아 버렸다. 그는 완벽하게 인격적이고 합리적이며 능력있는 인간으로 자리잡고 있었다.

예전에 보고 들은 헐떡이는 숨소리가 수아의 귀에 들려왔다. 그리고는 희고 가느다란 꼬챙이가 전신을 쑤시고 후벼대기 시작했다. 그럴 때마다 그 섬세하고 숙련된 조작기술의 긴 손가락 놀림에 신음소리로 통증을

호소할 용기도 잃어버렸다. 그보다는 오히려 전신으로 번져나오는 둔중한 덩어리의 통증과 모멸감에 허우적거리며 발버둥쳐 보았지만 그 숨막히는 공포의 몸짓에는 디딤돌이 없었다.

수아의 머릿속에는 뜨거운 증오의 이물질이 가득 차 있었다. 그 절벽의 탈출을 시도하려는 충동마저도 총격을 받아 사살당할지 모른다는 우려 때문에 발작적으로 강력하게 응결된 증오를 끓어오르게 했다.

남편에 대한 혐오가 잔뜩 부풀어 있는 수아로서는 이대로 계속 남편의 손에 이끌려 살아야 하는 반복된 생활을 견딜 수 없었다. 무엇보다도 남편의 행위에 대하여 창녀들처럼 참아야 한다는 것이 수아가 가장 두려워하는 공포였다.

철민은 수아의 의지와 상관없이 음험하고 잔인했다. 그러나 결혼 초 철민이 손가락만으로 수아를 괴롭힐 때에는 나름대로 철민의 입장을 이해하려 애를 써보기도 했다. 직업상 사업을 확장하고 큰 거래처를 잡기 위해 여러 가지 심리적으로 부담스럽고 육체적으로는 피곤해서 그러려니 하고 이해했다.

그러던 어느 날 밤, 곁에 없는 철민을 찾아 화장실 문을 열었을 때 수아는 여지껏 한 번도 본 적 없는 장면을 목격하고 말았다. 철민은 짐승 같은 울음소리를 내며 온몸을 발작적으로 헐떡이며 자위를 하고 있는 것이었다. 수아는 순간 전신이 푹 꺼져가는 어지럼증을 느꼈고, 온몸에 소름이 쫙 끼쳤다. 수아는 못 본 척 뒤돌아섰지만 그 기억은 오랫동안 지워지지 않았다.

철민은 거의 매일 술에 취해 늦게 돌아오는 편이었다. 그래도 한 달에 한 번 정도는 맨정신으로 들어와 갓난아기를 물 속에 집어넣듯이 조심조심 수아를 자극하기 시작했다. 그는 탐색하듯 경멸하듯 묘한 눈길로 수아의 몸을 훑어나갔다. 그 시선은 얼음처럼 차기도 하고 핥듯 부드럽기도 했다. 폭력보다 더 참기 어려운 비겁한 눈길이었다.

마치 자기의 소유물을 아무도 보지 못하는 곳에 숨겨두고 자기 몸의 욕구와 권리를 찾기 위해 확인하는 것처럼 손가락으로 수아의 전신을 기어다녔다. 송충이나 도마뱀같이, 얼음처럼 차가운 손가락에서 서리가 앉는 것같이 허연 딱지들을 비비고 털어냈다. 수아의 신음이 들리면 더욱 강도가 심해지고 집요해지고 난폭해졌다. 그래서 수아는 혀를 깨물고 눈을 감은 채로 소리를 지르지도 못하고 통증과 고문을 참았다.

어느 순간 손끝이 아닌 육중한 무게의 미친 듯한 진입을 느꼈을 때 수아의 질 속에는 미처 빠져들지도 못한 그 무엇이 물컹한 액체를 뱉어 버렸다. 그후 임신이 되었고, 동준이 태어났을 때 수아는 낭패감에 어쩔 줄을 몰랐다. 유전자의 결합이 두려웠던 것이다.

철민은 미국생활에서 동성애로 유혹을 받았던 사실을 얘기한 적이 있었다. 그러나 수아는 외로움의 방편 외에는 아무것도 상상하질 못했었다.

이제 두 사람의 결혼은 다른 종류의 인간의 결합이며, 아무리 시간이 흘러도 그 간격은 메워질 수가 없었다. 그들에게는 공통적인 화제가 이미 없었다.

수아는 그 악몽의 기억 속에서 헤어나지 못한 채 또 밤을 맞이해야 하는 것이다.

외면적으로는 여전히 질서와 행복으로 위장된 생활이 계속되었다. 수아의 욕구는 비틀거리며 부풀어오르고 있었다. 그녀는 파멸이 아니라 구원을 바랐다. 속임수로부터 해방을 원했던 것이다.

사람들은 수아의 말을 하나도 이해하지 못했다. 아무것도 모르고 있을 뿐이었다.

수아는 매일 조금씩 더 많이 상해 가고 있었다. 그러나 더욱 두려운 것은 누구와 대화를 나누거나 외출할 생각도 없었고, 이웃이나 친구도 없다는 것이었다. 전화를 걸 상대도 없었다.

집을 지키고 앉아 있다가 탈출을 꿈꾸기도 했다. 그러나 그후에 일어날 일을 예상하고는 그 상상으로 진저리를 쳤다. 양가에서는 가문의 수치라며 온통 떠들썩해질 것이다. 그 이후의 모든 사건들 속으로 감겨져 돌아올 미래에 대한 두려움이 수아를 그림자처럼 따라다니고 있었다.

철민은 그 정도면 행복한 것 아니냐고 따져드는 것 같은 눈길로 수아의 눈길을 찔러 관통하고 있었다.

그 꿰뚫고 있는 시선은 전신의 경련을 일으키게 할 것만 같았다. 시간이 흐를수록 철민의 눈길은 더한층 날카로워졌고, 더 많은 경멸을 담고 있는 것 같았다.

그는 이제 큰 집도 샀고 좋은 차, 좋은 옷도 마음대로 사도록 카드를 던져 주었다.

수아는 의식은 있지만 손가락 하나 까딱할 수가 없었다. 아주 이상한 기분이었다. 수아에게는 미래에 대한 두려움과 고문만 기다리고 있는 것 같았다. 오로지 과거를 하루하루 쌓아갈 뿐이었다. 그런 수아를 모두가 정상이 아닌 듯이 쳐다보았다.

수아는 포로수용소에 갇혀 모든 힘을 잃어가고 있었다. 초조해 할 기력조차 잃고 말았다. 그녀는 점점 자기 존재의 무게를 잃어가고 있었다. 이 여정은 언제 끝날지도 모른다. 이제 과거의 자신에게서 남아 있는 것이 아무것도 없다. 수아의 따뜻함과 다정함과 사랑은 저 먼 곳으로 떠나 버렸다. 표류되어 울 수도 없었다. 정말 고독하고 차가운 벽에 갇혀 있는 외돌토리였다.

철민이 일찍 들어오는 날, 수아는 집 앞 정류장에서 시내 버스를 타고 종점까지 두 번을 왕복했다. 헤매다가 돌아오면 취기가 오른 철민이 먼저 잠들어 버릴 것이기 때문이었다. 창 밖으로 지나치는 사람보다 버스 안 자기 앞에 서 있는 인간을 보는 것이 더 상세했다.

덜큼한 술냄새 풍기는 사내는 음흉한 시선으로 수아의 아랫배 쪽을 훑어내렸다. 단추가 채워지지 않은 벌건 목줄기는 딸꾹질을 할 때마다 기차의 피스톤처럼 오르락내리락 했다. 잃어버릴까봐 엉덩이에 깔고 앉았던 봉투는 쭈글쭈글 주둥이가 벌어져 있었다. 지퍼를 올리지 않은 바지 앞자락은 버스가 흔들릴 때마다 팬티자락이 삐죽이 나올 것 같아 불안했다.

월부책 수금사원 가방같이 껍질이 터진 가죽 가방은 홀쭉한 채로 겨드랑이에 낀 채 두 눈만 흔들거리며 수아의 목 언저리부터 훑어내렸다. 제 나름대로 인생에 시달린 자국이 판에 찍힌 얼굴이었다. 이미 강한 개성을 가진 교활한 늙은이의 얼굴도 있었다. 하나같이 눈길들은 여자 쪽으로 희번득였다.

수아는 철조망 담을 넘을 탈출의 준비를 버스 안에서 연습하고 있었던 것이다. 그들에게서 안면 있는 따뜻한 욕구를 느끼며, 인간의 본질인 말할 수 없는 끈적거리는 정을 느끼기도 하고 자기와 같은 동질의 비참함을 느낄 때도 있었다.

수아의 목 언저리나 가슴을 응시하는 그 남자들은 날이 샐 때까지의 조건부 탈출을 시도하려 했을 것이다. 그녀처럼 영원한 탈출이 아니고, 영원히 떠날 의도도 없었을 것이다. 그들은 아침이면 얼른 제자리로 돌아갈 것이다.

수아는 조건부 탈출부터 시도해 보고 싶은 강렬한 욕망을 느꼈다. 그럼에도 불구하고 그 욕구의 자리에 의식이 대신 들어앉아 유혹을 깔아뭉개고 있었다. 서성거림이 잦아질수록 유혹은 점점 짓눌리는 것이다. 허기인지 헛구역질인지 확실하지 않았지만 수아는 뱃속이 울렁거렸다. 종점에 내려 하늘색의 뻣뻣한 비닐 포장을 들치고 앉았다. 은밀한 자유

속에 무색투명한 액체를 털어넣으면 그때부터 따뜻한 온기가 뱃속으로 전달되었다. 그 느낌이 얼마나 황홀한지 그날밤 수아의 방패막이가 되어줄 것 같았다. 딸꾹질을 연신 하며 수아의 가슴을 훔쳐보던 붉은 목줄기 남자와, 앞 지퍼를 채우지 않은 그 남자들을 모아 흔들거리며 춤을 추어도 될 것 같았다.

급하게 쏟아부은 액체의 힘 때문에 수아는 기우뚱거리는 배에 탄 것처럼 어지럼증이 일었고 헛발질을 했다.

수아는 버스 안에서도 포장마차에서도 흔들며 지나가는 남자의 손가락을 상습적으로 훔쳐보며 갈아부시고 싶은 충동을 억눌렀다. 그리고는 전신으로 번지는 소름 때문에 치를 부르르 떠는 것을 누구에게도 들키지 않았다.

법정에서 해후한 그녀의 또는 남의 아이

그 여자는 다시 한 번 밤색 핸드백 주머니에서 재판 날짜가 적힌 출석 통지서를 꺼내 보며, 법원의 문을 들어선다.

오전 10시 30분, 18호 법정.

조금 일찍 도착해 그 아이를 먼저 만나볼까 망설였지만, 서두르지는 않았다. 용기를 내어 오늘만 무사히 넘기면 이 문제로 머릿속이 복잡한 고민과 과거의 *끄나풀*에서 풀려날 것이다.

9시 30분쯤 도착한 그 여자는 1층에 있는 안내원에게 주민등록증을 맡기고 출입증을 받아 3층으로 가는 계단을 오른다.

거의 10년 넘게 만나보지 못한 그 아이를 이런 곳에서 만날 생각을 하니 두근거리는 가슴이 두려움과 불안한 설렘으로 뒤범벅되어 전신이 긴장되고 목이 뻣뻣하다. 한편으론 여기까지 와야만 되는 삶의 곡절들이 그녀 자신의 애틋한 운명에 대한 슬픔과 노여움으로 발걸음을 무겁게 한다. 그녀 홀로 떠다니는 고독함과 더불어 답답함도 느낀다.

그곳은 음울한 움직임과 허덕이는 혼잡으로 북적거린다. 사람들의 표정은 부드럽고 조심스러운 쪽보다는 침착성을 잃거나 억세고 삶에 지쳐 우왕좌왕하는, 황량한 딴세계 같다. 어디를 돌아보아도 사람들의 얼굴에선 정중하고 너그러운 온유함을 찾기는 힘들다.

그녀는 헤어진 남편의 과거의 여자에게서 낳은 아이와 자신에게 맺어져 있는 모자 관계를 해소하기 위해 법정을 찾은 것이다. 그 아이에게는 친어머니가 있고, 그녀는 다른 남자와 살고 있다.

온몸을 휘감고 드는 불안을 안은 채 18호 법정 앞에 붙어 있는 게시판을 들여다보았다. 모두가 이혼소송이다. 10시 30분 중간쯤 한 줄만 친자부존재확인소송이라고 씌어 있다.

복도의 긴의자에는 아무도 앉아 있지 않다. 의식을 현실로 돌리려고 의자에 앉아 눈을 감고 심호흡을 한다. 어둠 속으로 푸른 덩어리가 현미경으로 보는 미생물처럼 흩어졌다 모였다 하며 영상 속으로 흘러다닌다.

중심이 흔들리는 두 다리에 힘을 주기 위해 의자에서 천천히 일어난다. 그 여자는 창 밖을 내다보면서 그 아이를 만나면 어떤 표정으로 무슨 말부터 해야 될지를 머릿속으로 그려본다.

그 시간들의 공백이 그 아이와 이 여자 사이에 제대로 통과할 수 없는 반투명한 칸막이 같은 것을 만들어 놓았다.

어차피 서로의 정체성을 위해서도 정리해야 되는 부분이라 이 길 외에 선택의 여지가 없어 법적으로 신청을 했지만, 이런 자리에서 그 아이를

다시 만나는 것은 서로가 어느 미로에서 불륜을 저지르다 들킨 것처럼 난감하고 가혹하다.

특별한 사건은 없었다. 그러나 그 여자의 사후에 남겨질 가족간의 갈등과 재산상의 문제를 우려하는 주위의 권유가 있고, 그녀 자신도 그런 흔적이 남아 있는 호적이 항상 찜찜한 기분으로 자리하여 영 사라지질 않았다. 그 아이의 아버지와 이미 이혼한 그 여자가 그 아이의 어머니로 호적에 등록되어 있기 때문이다.

그러나 그 용단을 내리기까지의 과정은 생각처럼 쉽지만은 않았다. 그것은 법적으로 재판을 거쳐야 되는 번거로운 절차가 있기 때문이다. 그 여자와 그 아이는 똑같은 피해자였고, 불행하고 비극적인 인연으로 서로가 만나 살아야 했다. 그 여자는 그 아이의 존재를 모르고 살다가 어느 날 태풍과 함께 돌아온 그 아이를 받아들여야만 되었다. 그 아이는 어느 날 자기 어머니를 떠나 그녀에게로 보내진 것이다.

그 아이는 아무 잘못 없이 부끄러운 출생의 비밀을 짊어져야 했다. 또한 그 여자는 남편이 감쪽같이 숨겨온 과거 때문에 부서져 버린 행복보다는 자신을 파괴시킨 남편에 대한 미움으로 그 아이와도 실타래처럼 엉킨 운명의 어둠 속으로 홀로 떠다녀야 했다.

그 여자의 가슴이 파열될 때 그 아이는 파편을 맞아야 했고, 그녀가 가슴을 앓을 때면 그 아이의 숨결도 고달파야 했다. 그녀가 숨죽이지 못해 영혼의 자존심을 있는 대로 뻗치던 그때 가장 암울한 세월을 그 아이와 함께 보내야 했다.

그녀의 소생처럼 아껴가며 헛주먹질을 하지 못했고, 그녀가 화병으로 밥을 굶을 때 그 아이도 편한 밥을 먹을 수 없을 만큼 집안은 불안했다. 스물세 살의 영글고 성숙하지 못한 그 여자의 혼은 그 아이를 한 인간으로 인정하기 전에 그녀를 괴롭히는 남편의 감춰둔 노획물로 보았기에 화가 사그라들지 않았고 온몸이 부들부들 떨릴 때도 많았다.

그러나 그 둘은 서로 말하지는 않았지만 어두운 구름 속 같은 시절에 서로 다른 피해의식을 느끼면서 서로에게 진한 아픔과 연민을 느끼기도 했다. 두 사람만 남았을 때에는 가까운 동지처럼 느끼기도 했다. 그들은 둘만 갖는 미움과 고독과 동질의 슬픔을 끈끈하게 바라보곤 했다.

근친간에 태어난 그 아이의 어머니라는 여자까지도 나이 어린 그녀를 우악스럽고 사납게 몰아세우기 예사였다. 그 틈바구니에서 어둠을 상대로 그 여자는 싸워온 것이다.

그 여자는 이제 그런 일을 깨끗이 잊고 싶었고, 또한 어느 정도 잊혀져 가고 있었다. 그 아이와 그 여자는 15년의 긴 세월 동안 어둡게 굽이치는 사나운 강을 건너야만 했다. 이제는 서로가 또 다른 운명의 줄기 속에서 각자 다른 곳으로 흘러가 자리잡고 있는 것이다. 그들은 그 과거의 아픈 기억과 흔적을 지우기 위해 만나는 것이다.

운명의 추억과 기억이 무럭무럭 명치로 가슴으로 슬금슬금 기어오르고 있었다. 시간이 다 됐는데도 복도에 사람들이 보이지 않았다. 18호실 법정을 들여다보았다. 뜻밖에 사람이 많다는 점이 그 여자를 놀라게 했다.

그리고 거기에는 옛날과 다름없는 체취를 갖고 있는 그 아이가 얼른 눈에

들어왔다. 아주 젊은 한 남자가 의자에 조용히 앉아 있었다. 그에게서

익숙한 공기와 냄새가 휙 하고 그 여자에게로 금방 전해졌다.

호적정리 그 자체가 그 아이에게는 감춰둔 흉터를 뒤집어 벗기는 것이다.

그러나 그 고통의 과정은 둘에게 마지막으로 풀어야 되는 매듭이며 삶의

정리이기도 했다.

날카로운 눈빛이 찌르듯이 그 여자에게 날아왔다. 그녀는 순간 울렁이는

아픔이 걷히는 대신 두려움으로 굳어지는 두 다리를 느껴야 했다.

태연하게 당당하려고 애쓰면서 그 옆자리에 조용히 앉아 부드럽게 최대한

자연스러워지려고 애를 쓰면서 그 청년의 팔을 살짝 잡았다.

그에게 조금 더 친절하게 말을 걸어야 한다는 것을 잘 알고 있었다. 그

순간에 무언가 적절하고 필요한 사항을 말하려 해도 적당한 언어가

떠오르지 않았다.

사람들은 두 사람의 관계가 상상이 되지 않는 듯이 그 여자의 모습을

힐금힐금 쳐다보았다. 그러나 그 여자는 그런 사람들의 시선을

아랑곳하지 않았다.

그는 이제 아이가 아닌 20대 후반의 남자로, 그 여자의 곱절이나 되는

체격과 늘씬한 키에 이목구비가 준수한 청년이 되어 있었다.

"별일 없었니?"

그 여자는 어색한 웃음을 지으려고 애쓰면서 말을 걸었다.

"네."

감색 양복을 단정히 입은 그 아이는 검게 타 있어 건강하고 약간은
공격적인 성품이 그 어딘가에 숨겨진 것으로 보였다. 그는 미움과
괘씸함이 오랜 정에 뒤얽힌 복잡한 감상에 빠졌다가 그 갈등이 긴 세월의
찌꺼기가 남긴 진한 정으로 다시 돌아온 것처럼 보였다. 그녀는 목소리를
가다듬은 채 침을 삼키며 어색하지만 부드럽고 다정하게 말했다.

"하는 일은 잘되니?"

"요즈음은 좀 어려워요"

지금 그 아이는 건축설계사로 일을 많이 하며 그쪽에서 상당히 인정도
받는다는 소문을 들은 적이 있었다. 애당초 이 친구는 남의 눈에 띄기를
싫어하고, 혼자 있는 것을 그렇게 힘들어하지 않는 성격이며, 말이 없는
편이었다. 그것은 어릴 때 혼자 남겨진 그 아이가 소외감을 견디며 터득한
자기다운 선택의 방식이었다.

그 여자는 다가앉으며 어릴 때처럼 잡아주고 안아주고 싶은 충동을 애써
억제하면서 체온을 느끼려 상반신을 가까이 살짝 기대어보았다.

그 법정에는 20대 후반의 생머리를 길게 늘어뜨린 병색 짙은 여자와 감색
줄무늬 셔츠를 입은 40대 중반으로 보이는 남자, 머리가 많이 벗겨진
50대의 초라한 남자가 얼른 눈에 띄었다. 진한 화장을 하고 엷은 원피스를
입은 50대의 여자는 색 바랜 샌들을 끌고 있었는데 때가 끼인 발톱을 훤히

드러내 놓고 있었다. 삶에 찌든 여자와 지친 남자, 악에 받쳐 이를 악물고 노려보는 사람. 그들은 낯선 나라에서 온 사람들처럼 아무 말 없이 고스란히 정체되어 있는 시간을 보내고 있었다. 사람이 겪는 고통 중에는 실제의 그것보다 언제 어떻게 찾아올지 모르는 고통을 상상하는 쪽이 훨씬 두렵고 무서운 것이다.

두 사람이 그 무리 속에서 전혀 별개의 감상에 젖어 각자의 생각 속에서 헤매고 있을 때 문득 호명소리를 듣고 판사 앞으로 나란히 나아갔다. 여자 판사는 그 친구에게 어머니의 이름을 간단히 묻는다. 그는 자기 어머니의 이름을 조용하게 또박또박하게 "×자 ×자 ×자입니다" 하고 대답한다. 그 어머니와 아버지, 그 친구는 모두가 동성동본이다.

이번에는 그녀의 이름을 부르면서 묻는다.

"친어머니가 아니군요."

"네."

"청구한 친자부존재확인소송의 모자관계는 끝났습니다. 서류가 집으로 도착할 것입니다."

긴 세월과 무수한 사연과 기억들은 15분 만에 지워질 수는 없지만 그때까지의 운명의 기록은 한 장을 넘긴 채 정리가 된 것이다.

그 여자는 그때 문득 혹시 자기가 지금까지 중대한 착각을 하고 있었던 것이 아닐까 하는 생각이 들었다. 이제사 모든 것이 제대로 돌아가고 있었다는 것을 그때 확실히 인정할 수 있었기 때문이다. 나의 요구와 권리가 아니라 당연히 넘겨주어야 될 권리를 찾은 것으로 느껴졌다.

둘은 천천히 주차장까지 걸어나왔다. 그 여자는 자신이 입은 재킷의 품이 헐렁하게 느껴졌다. 세월의 덩어리를 찢어 바람에 날려보내 버린 것 같은 허탈과 두려운 공허감과 불안이 가슴속에 자리잡으려 했다.

이대로 헤어져서는 안될 것 같았다. 이 순간 적당한 말은 무엇일까, 헤매듯이 생각한다. 용서를 빌고 싶기도 했다. 이 아이의 어릴 때 멍든 응어리를 조금은 녹여주어야겠다는 가슴의 진동이 이 여자를 세차게 흔들고 있었다. 그 여자의 응어리도 같이 요동을 치고 있었다.

말없이 주차장에 다 왔을 때 두 사람은 걸음을 멈추었다.

"우리 차 한잔 할까?"

"네."

헤매다가 자리를 찾은 것같이 처음으로 똑같은 질문과 대답이 일치되는 바람에 서로 바라보며 웃었다.

시간은 충분히 있었다. 둘은 천천히 주차장 옆에 있는 지하다방으로 내려갔다. 좀더 아늑하고 분위기있는 곳이었으면 좋으련만, 시골 역 앞에나 있을 법한 황량하고 쓸쓸한 공간에서 머리를 높이 틀어올린 젊은 여자가 하품을 하면서 일어났다.

이렇게 살벌하게 그 세월을 회상하기에는 너무 서걱거리는 어색함과 아픔이 살아나고 있었다. 그 친구도 눈앞에 있는 커피 잔을 물끄러미 바라보고 있었다.

일상적인 질문을 하고 대답을 했다. 둘이 얘기하는 동안 천장에 매달린 골동품 같은 선풍기가 실내의 후텁지근한 공기를 천천히 휘젓고 있었다.

"우리 점심 먹을까? 시간은 이르지만."

"어머니 시장하시면 제가 사드릴게요."

"아니, 배가 고프지는 않아. 그냥 헤어지기가 뭐해서 그래."

"그러면 다음에 제가 맛있는 것 사드릴게요."

그 아이와 마주앉자 명료한 기억이 지워진 채 똬리를 틀어 앉히려는 아픔과 안쓰러움이 슬금슬금 전신으로 퍼지면서 눈꼬리로 흘러내리는 물기를 손가락으로는 감출 수 없어 손바닥으로 누르고 있어야 했다. 그 여자의 과거와 아픔이 이별의 의식처럼 멈출 줄 모르고 물로 넘쳐 흘러나오고 있었다.

그 여자는 지금 자신이 마침내 구원받고 회복되었음을 감사하고 있었다. 구원받지 못하고 회한과 심연 속에서 비명을 지르며 인생을 끝마칠 가능성도 충분히 있으니까.

"부탁이 있어요."

그 친구가 난생 처음 정면으로 쳐다보며 말했다.

"그래. 말해 봐."

그녀는 자기가 몸으로 할 수 있는 일이라면 무슨 부탁이든 다 들어주고 싶었다. 그 아이의 아픈 과거를 조금이라도 풀어줄 수만 있다면.

"아이들을 좀 만나게 해주세요. 사회에서는 선후배와도 가깝게 만나면서,

정작 내 형제들은 못 만나고 있으니 어떤 땐 정말 외로워요.”

그녀는 그동안 자기 아이들에게 이 친구를 못 만나게 했다. 더 이상,
엉클어진 과거 속에 빠져들어 머물게 하고 싶지가 않았다. 그녀는 자기의
어리석음과 망각되지 않는 과거 때문에 그 아이들에게 공연한 외로움과
갈등을 강요한 것이다.

“그래. 우리 언제 모두 모여 극장에라도 한번 가보자. 네가 동생들을 가끔
불러 애기도 듣고 데리고 다니기도 하렴.”

“고맙습니다.”

그 순간 슬픔과 연민의 감정이 복받쳤다.

그녀는 그 아이의 가슴의 멍울을 풀어준다고 하면서 자신의 얽힌 과거를
풀고 싶은 것인지도 모른다.

모두가 바쁘지만 이 아이들을 묶어주어 세상을 살아가는 데 힘이 되도록
해주어야겠다는 결심을 하기도 했다. 응어리진 채 깔려 있는
얼음덩어리를 모두의 관심과 정성으로 녹여주어야겠다는 벅찬 감동에
전율했다.

그 여자는 하늘을 올려다보았다. 솜을 뜯어 놓은 듯 작은 회색구름이
다정하게 무리지어 떠다니고 있었다.

그동안은 잊어버릴 만하면 수금사원이 찾아와 문을 두드리듯 불쑥
나타나곤 하던 그 상처들이 그녀의 마음의 온기를 다 앗아가 버린 채 비어
있었던 것이다.

그 여자가 차를 뒤로 빼어 떠나는 것까지 지켜주면서 서 있는 든든한 청년을 남겨두고 그 여자는 먼저 빠져나왔다. 창 밖으로 4월의 온기가 아련히 밀려 분홍빛 복사꽃과 흰 목련이 별안간 활짝 피어 버린 것처럼 흩어져 날린다.

차 속에서는 닦아내지 않아도 될 뜨거운 물이 그 여자의 뺨에 철철 흘러내렸다. 가슴속에서 뜨거운 덩어리가 녹아내리는 감동을 서서히 전신으로 느끼면서 그녀는 깊고 큰 한숨을 끝까지 뿜어내었다.

첫사랑의 추억으로 두 번 잊은 나의 고향

처음 잊으려 했을 때

내일은 무슨 행복한 일이 생길지도 모른다는 즐거움이 온몸으로 차올랐다.

무슨 사정인지는 몰라도 내일 도착하는 손님을 우리집에 좀 잡아두라는

서울 계신 아버님 친구분의 전화로 우리집에서는 최선을 다해 흥미와

안정을 주기 위한 준비로 바빴다. 오래간만에 방학에 내려온 나를 조금은

밀쳐둔 채 도배를 다시 하는 등 부산을 떨면서 그 손님에게 신경을 더

쓰고 있었다.

나는 집안의 분위기에 들떠 누구든지 나를 좋아하게 될지도 모른다는

상상에 사로잡히기도 했다.

우리집은 그 지방에서 두 번째 갈 수 없다는 부자였다. 그런데도 그 손님의

아버지가 서울 모 은행의 지점장이라는 이유만으로 그렇게 극진할 필요가

있을까 하는 의아심도 들었지만 나로서는 물어볼 수도 없어 체념했다.

신경이 전혀 쓰이지도 않는 것처럼.

시간은 여름의 구름처럼 행방도 모르게 가볍게 사라져갔다.

김진혁. S대학 4학년. 학생회 회장. 수배중임.

혁이 도착한 다음날부터 우리는 매일매일 다채로운 그림이었으며 표류하는 감정이었다. 소란스럽게 용솟음치며 떠도는가 하면 꿈과 같은 여운을 남기면서 사라져가기도 했다.

혁의 집은 부자인데도 그는 무척 겸손하고 소탈한 성격이었다. 나는 평소의 용기를 잃어버렸다. 혁은 행동이 점잖았고 부드러움과 산뜻함이 담겨져 있어 믿음직스러운 신뢰감을 일으켜주었다. 퍽 마음에 드는 도회지형이었다. 까다로운 성격인 나의 어머니께서 미소를 띠고 다정하게 맞이하는 사람이라면 그에 대한 나의 불안감은 던져 버려도 안심이었다. 그 당시 나에게 중요한 것은 그 손님에 대한 관심뿐이었다. 어느 땐 나를 완전히 사로잡는가 하면 또 잠시 동안 그 사람의 과거에 대한 불안한 그림자를 감추고 있기도 했다.

다만 언제나 변함없는 것은 나를 즐겁게 약동시키는 생명감이며 조용히 흐르는 수면 위로 목적도 없이 근심도 없이 유유히 헤엄치는 유형자의 심정이었다.

마당에는 장미꽃과 목단꽃이 타오르는 듯 활짝 피어 있었다. 나는 그것들을 감상하면서, 언젠가 내가 성인이 되어서 나이를 먹고 분별이 생기더라도 삶은 역시 아름다울 거라고 생각했다.

그에 대한 애틋한 정이 황혼의 정서와 더불어 내 마음에 깃들이기 시작했다. 그리고 몰래 혼자서 생각하며 음미하기도 했다.

그가 내 손을 잡고 과수원길을 내려오며 나에게 정다운 말을 걸어주던 그 꿈이 다시 생각났다.

우리는 인생과 문학에 관해 이야기했다. 그것은 나에게 퍽 드문 일이었고 기쁜 사건이었다. 그것이 따뜻하고 부드럽게 내 마음속에 스며든 까닭이다.

혁은 자연스러운 밝음을 지니고 있으며 존경할 만한 사람임을 나의 부족한 지혜와 생활의 지식으로도 확인할 수가 있었다. 어떤 사람은 고난과 고뇌 끝에 간신히 얻을 수 있으나 대부분의 사람이 쉽게 얻을 수 없는 고귀하고도 값진 밝음이란 것이 존재하고 있다는 것을 나는 느끼고 있었다. 다만 지난 일들을 자물쇠로 잠가둔 것처럼 열지 않는 것이 때때로 불안을 스쳐가게 했을 뿐이었다.

그는 우리집의 약간 상스러운 농담과 야유도 이해하며 가족처럼 적응해 나갔다.

그리고 그는 내색하지 않고 우리들과 같이 편하고 익숙하게 생활했다. 그가 우리집 가풍에 자연스럽게 적응하는 모습을 본 나는 어쩐지 나 자신이 부끄러운 느낌이 들었다. 왜냐하면 내 친구들은 얼마간은 체면과 염치도 없이 유치하고 어색하게 행동하곤 했기 때문에 나 자신도 고향에 돌아온 며칠 동안은 필요 이상으로 까다롭게 굴었다.

그는 가족들이 무례한 말을 쓸 경우에도 기분 나쁜 표정을 짓는 일이 없었고, 매우 흥미있는 이야기를 할 때에도 아무런 긴장감도 없이 쉽게 어울렸다.

곁눈질로 그의 눈치를 볼 때마다 나에게는 즐거운 마음과 아쉬운 마음이 교차되었다. 그럴 때마다 나는 내 방으로 들어가 어지러운 마음을 달래기도 했다.

지금은 그때의 실연의 쓰라림을 예사로 웃으며 얘기할 수도 있다. 그러나 그 당시 나의 사랑과 희망이 그에게 받아들여지지 않으면 안된다는 절박한 심정으로 견딜 수 없이 괴로워했다.

지금 다시 마음속에 그려보면 그 날들은 실로 아름다운 추억이며 격조있는 모습이다. 그리고 나의 추억 속에 남아 있는 그의 모습은 몇 날 며칠을 잠 못 이루고 괴로워하기에 충분히 가치있는 고민이었다.

오랫동안 두려워하고 있던 우리의 마지막날이 드디어 닥쳐왔다. 그것은 늦여름의 하늘에 목화송이 같은 구름처럼 부드럽게 흐르고 있었다.

훈훈한 동남풍이 불어와 아직도 남아 있는 장미꽃과 속삭이다가 무거운 향기를 머금고 피곤하여 잠들어 있었다.

"드디어 마지막날이 되었군요"

나는 불안한 감정과 비장한 결심을 감추고 애써 침착하려 애썼다.

혁은 침통해 보였다. 서울에서 온 전보는 그의 아버지가 보낸 것이었다.

미국으로 출국할 날짜가 정해졌으니 제 날짜에 상경하라는 전보였다.

"언제 돌아올 수 있어요?"

나는 가볍게 물었다. 대답이 힘들지 않도록 배려하려 했다.

"아마도 쉽게 못 돌아올 겁니다. 또 돌아온다 해도 모든 것이 지금과
달라져 있을 거요."

"왜요?"

내 목소리는 어둠이 깔리는 황혼 속의 개구리 울음에 묻혀 사라졌다.

"당신도 그대로 이곳에 있지도 않겠지만."

그는 진바지 밑자락에 깔린 억새풀을 뜯으며 먼 하늘을 바라보았다.

"나는 아마 이곳에 있을 수 있을 거예요, 오신다면."

나는 분명히 내 생각과 뜻을 알리려고 애썼다. 그전의 나를 버리고
솔직하고 싶었다.

그의 얼굴은 엄숙하고 심각했으며 슬퍼 보였다.

"나도 당신을 만난 후 이대로 여기 눌러살고 싶을 때가 많이 있었어요
그러나 나는 그동안 나의 행동에 책임을 져야 될 사람이 있어요 그것은
동지며 운명 같은 거였어요 나는 그동안 쭉 피해 다녔어요 그 친구의
도움을 많이 받았지요 그래서 여기까지 왔지만 당신은 올바른 길을 잘
걸어가다가 스스로 선택한 행복한 삶을 꼭 잡으세요 후회 없는 그런 것
있잖아요 솔직히 말하면 당신에게 가는 지금의 내 감정을 나 자신이
얼마나 소화해 낼지도 의문입니다. 우리, 서로의 마음속에 항상 정다운
벗으로 남겨두고 오늘 마지막날을 즐겁게 지냅시다. 나는 다시 한국으로
돌아오기가 쉽지 않을 겁니다. 정권이 바뀌어도 나 같은 사람이 무언가를
쉽게 하도록 내버려두질 않을 겁니다."

나는 벌겋게 달아오르는 얼굴을 식히기 위해서 찬 손으로 가볍게 두드리며 그 충격을 숨기려 애쓰고 있었다.

그는 모든 것을 동원하여 나의 슬픔과 굴욕을 위로해 주려 애썼다. 그리고 자기가 처한 입장 때문에 나보다 더 깊은 괴로움을 겪으면서도 끝까지 자신과 나 사이에 내재한 아픈 기억을 연상케 하지 않으려고 밝은 표정으로 내 자존심을 지켜주었던 그 부드러운 마음을 더욱 잊을 수가 없었다. 상황에 처하는 그의 의연한 태도에 나는 혼란 대신 존경심이 일어났다. 혁의 고통스러운 미래가 나의 아픔보다 더욱 무거운 중량으로 나를 아프게 했다.

우리들은 길게 펼쳐진 석양을 바라보면서 내일이면 서로 멀리 떨어진 타향에서 이 석양의 이별을 다시 회상하리라고 생각했다. 우리의 포옹은 그 자체보다 더 많고 진한 무엇을 전달하면서 오랫동안 계속되었다.

어떻든 간에 그와의 사건 이후 나는 오랫동안 우울증에 시달려야 했다. 숲속의 조용한 길을 걷거나 오랫동안 멍하니 집안에 누워 있는 생활이 계속되었다.

그 괴로운 시간이 지나자 나는 나 자신의 고민을 잊어버리고 예전처럼 남들과 잘 지낼 수 있게 되었다. 그것은 돌이킬 수 없는 체념과 단절이 가져다준 완고한 선택이기 때문일 것이다.

그후 모두 명랑하게 생활하고 있었으나 나 자신의 슬픔은 침묵과 외고집이라는 방벽을 쌓고 있었다.

모두 나의 마음속 아픔의 비밀을 건드리지 않고 나의 울적한 기분을 이해해 주려고 애쓰고 있었다. 그때도 석기오빠는 관심조차 없는 나에게 조용히 못 본 척 침묵으로 지켜주었다.

혁이 떠난 후 동네에서 조금씩 번지는 소문을 멀리한 채, 그 추억과 그 여름의 날들을 싸안은 채 나는 어색한 고향을 떠나 버렸다.

나의 아름다운 꿈과 가장 고귀한 것도 덧없고 부식하고 말듯, 나의 청춘의 종말이라고 기억하는 여름날도 하루하루가 지나가고 말았다.

두 번째 잊으려 했을 때

어색한 부끄러움과 아픔을 안고 떠난 후 다시 고향을 찾았을 때 그곳에는 옛날과 다름없는 우리집이 창문을 활짝 열어젖히고 나를 맞아주었다.

나의 가슴은 추억과 기쁨으로 뒤범벅이 된 채 마구 뛰었다.

방안은 새로운 벽지를 발랐을 뿐 옛날과 다름없었으며, 긴 시계가 점잖게 걸렸던 자리에 스위스제 검은 테의 둥근 시계가 바뀌어 걸려 있는 정도였다.

준비가 다 되어 있는 식탁 위에는 붉은 장미꽃 무늬의 커피 잔이 놓여 있었다. 내가 좋아하는 보라색 들국화가 쓸쓸하고 외로운 들판의 고독한 향기를 풍기며 항아리에 가득 꽂혀 있었다. 그 옛날에 내가 꽂는 방식대로 구석자리 탁자 위에.

석기오빠만 안경을 썼을 뿐 모두들 부드러운 시선으로 나를 바라보아

주었다. 적당히 친근하고 다정한 그들의 자태는 지금까지 내가 겪은

일들을 다 이해하고 있다는 듯한 포용력으로 나를 감싸고 있었다.

마당은 옛날과는 달리 더 깨끗하게 정리되어 있었고, 중앙의 화단이

없어져서 그런지 훨씬 더 넓어 보였다. 담 밑으로 아름다운 장미꽃과

달리아와 목단, 봉선화, 작약 등 많은 꽃들이 심어져 있었다. 뜰 안은

오동나무, 감나무 등 큰 나무들이 그대로 더욱 자라 오후의 햇살을 듬뿍

받고 있었다.

석기와 그 아내(나의 조카로 사촌언니의 딸)와 나는 식탁에 앉아 커피를

마시고 있었다. 햇살은 부드럽고 따뜻하게 버티고 있었다.

나의 귀향은 퍽이나 살뜰하고 따뜻한 환영을 받았다. 그러나 수년 동안

나의 생활이란 그리 순탄하거나 안전한 것이 아니어서 말할 수 없이

비참하고 한심스러운 생각까지 하기도 했다고 나는 편하게 고백했다. 그

마지막 여름의 추억 때문에 그후 나의 생활이 잘못된 경로를 거치게

되었어도 나는 후회하거나 뉘우치지 않았다고 얘기해 나갔다.

얘기를 들은 석기는 그러한 나를 믿었고, 안쓰러운 마음이 가득 담긴

어두운 표정으로 나를 바라보았다. 나는 남의 얘기처럼 담담하고

평화롭게, 때로는 어리광 같은 몸짓을 섞어가며 지나간 얘기를

주고받았다.

그때 내 고향 냄새와 걸맞지 않은 청바지와 허름한 잠바를 걸친 30대

정도의 청년이 검정 고무신 바람으로 대문을 들어서고 있었다. 긴 머리에 모자를 눌러쓰고 있었기 때문에 일꾼이려니 생각하고 호기심도 일지 않았는데 그의 검정 고무신이 유독 내 눈길을 끌었다.

그 남자는 내 가까이 다가와 모자를 벗더니 인사를 했다.

"저를 아시겠습니까? 돌아오셨단 말씀 들었습니다."

나는 찻잔 속의 데이지꽃을 보면서 그 얼굴에서 아무것도 기억할 수 없었다. 전혀 비슷한 모습도 떠오르지 않았다.

"내 조카 종식인데 모를 거야. 그때는 중학생이었으니까. 지금은 여기 중학교에 선생으로 있지."

"별로 변하지 않으셨군요."

겸손하고 친절하게 바라보며 미소짓는 얼굴이 촌스럽지 않고 단정한 세련됨이 있었다.

서울 사람들은 햇빛을 잘 쐬지 않아도 검게 탄 사람이 있는데 종식은 시골 학교에 있으면서도 해맑고 깨끗한 얼굴이었다. 약간 고개 숙여 인사를 한 그는 무엇을 얻으러 왔는지 광 쪽으로 돌아들어갔다.

모두가 잠자리에 들었다. 집안은 온통 깊은 밤의 고요 속에 잠겼다. 나는 어느 순간들이 지나가는 동안 제자리를 찾아 다른 곳으로 옮겨 놓은 그 신기한 운명들을 생각하며 지금 석기오빠가 잠자는 안방과 자랄 때 쓰던 문간방의 거리를 생각해 보았다. 나는 지금 나의 지난 자리를 찾아온 것이다.

이 방의 창문은 어둡고 고요한 정원을 향해 나 있고 정원 구석으로 우거진 느티나무와 감나무들이 높이 서 있었다. 그 나무들 사이로 수많은 별들이 반짝이고 있었다. 좀처럼 잠이 오지 않았고 정신은 더욱 또렷해졌다. 그때 소리없는 영상이 흘러가면서 옛날 어린 소녀시절의 수많은 갖가지 추억이 내 머리를 스쳐지나가고 있었다. 그것은 하나의 다른 세계로 나를 에워싸며 거친 바다의 파도와 같이 부풀어져 밀려왔다 사라지기도 하였다. 나는 아직도 내가 과거의 덩어리 상태에서 완전히 벗어나지 못하고 있는 것 같은 느낌이었다.

나보다 여섯 살 위인 석기오빠의 이름은 원래는 돌이였다. 우리집의 아래채에 그와 그의 아버지, 어머니, 여동생 네 식구가 살고 있었다. 우리 할머니 때부터 석기의 할아버지, 할머니, 아버지, 어머니가 우리집의 일을 하고 있었다. 그때 석기네 남자들은 머슴으로 불렸다. 남자들은 정미소와 모든 농사일을 책임졌고, 석기 할머니나 어머니는 집안일과 식솔들의 부엌살림을 돌보고 있었다. 그 여동생도 나중에 내 동생을 업어서 키워주었다.

나는 내 위의 형제가 없어 할머니, 어머니, 아버지의 손길을 벗어날 때쯤 소먹이는 석기를 따라다녔다. 그는 내가 잠이 들면 나를 업어서 집으로 데려다주었고, 소풍을 갔다 올 때나 개울을 건널 때도 업어서 건네주곤 했다. 나는 다리가 아프지 않아도 주저앉아 떼를 쓰고는 넓적하고 편한 등에 얼굴을 묻은 채 자는 척하며 돌아오곤 했다. 어릴 때는 할머님이 돌이라고 부르라고 야단을 쳤지만 나는 꼭 돌이오빠라고 불렀다.

그때도 돌이오빠는 나에게는 친구보다는 어른스러웠고, 아버지보다는 편하고 다정했다. 아무리 떼를 써도 때리지도 화를 내지도 않았다. 어질고 순한 성격이 그 집안의 내력 같았다.

어른들이 돌이오빠에게 장작 패는 일을 시키면 나는 다른 머슴에게 시키도록 꾀를 내었다. 내가 쓸 노트를 사러 가야 된다는 핑계로 오빠 자전거 뒷자리에 앉아 학교 앞 문방구까지 허리를 꼭 붙든 채 달렸다. 돌아오는 길에는 나의 생떼에 못 이긴 오빠가 과수원길까지 달려가 딸기밭에서 딸기를 따다 주기도 했다. 돌이오빠의 웃는 모습은 내가 떼를 쓰며 조를 때에만 볼 수 있었다.

그 여름, 고향을 떠난 후 내가 돌아오지 않을 동안 돌이오빠는 정미소 주인이 되어 있었다.

아버님이 돌아가시고, 우리 형제가 도회지로 서울로 공부하러 고향을 떠날 때, 어머니는 남보다 적은 돈을 받고 석기오빠에게 정미소를 팔았다. 우리집에서 받은 새경에다가 독일에 간호원으로 간 여동생이 돈을 보태고 조합에서 받은 돈을 합쳐 석기오빠가 정미소를 샀다는 소문을 들었다. 나의 사촌언니의 딸인 영남이가 석기오빠를 따라다녔는데, 언니도 석기의 착실함을 인정했다. 석기 어머니는 벅찬 며느리라 머뭇거렸지만 양쪽 어른들이 서둘러서 혼인을 했다고 그후 소식을 들었다.

석기오빠는 언제나 장가들지 않겠다고 했지만 그 집안의 기둥으로, 한 가장으로 그 읍의 유지로 인정받은 만큼 겸손하고 부지런했다. 그는 언제나 책을 낀 채 소를 먹였고, 시간이 나면 소설책도 읽을 때가 많았다. 그러나 언제나 까맣게 탄 팔과 큰 손과 검은 얼굴에 반짝이는 눈만 내 기억에 남아 있었다. 석기오빠가 살았을 때까지도 나는 고향의 정미소를 우리집으로 착각할 때가 많았었다.

아침에 일어나자 나는 깨끗하고 단정한 옷으로 갈아입었다. 그리고 친구들과 집안 사람들에게 초라한 모습으로 고향에 돌아온 것이 아니라는 것을 보여주기 위해 신경써서 몸단장을 했다. 또한 예전보다 성숙한 여인으로 보이고 싶은 욕심에 단정한 자태와 다소곳한 말씨를 연출했다.

"몇 년 전만 해도 네가 이렇게 변할 줄 누가 알았겠냐?"

석기오빠는 대견한 듯 눈부시게 나를 바라보았다.

"그땐 제가 그렇게 비관적으로 한심해 보였나요?"

나는 일부러 한번 핑그르 돌았다. 어릴 때처럼. 언제나 새옷을 입을 땐 오빠가 보는 앞에서 치마에 바람이 들어가게 하여 풍선처럼 부풀도록 핑그르 돌아주었었다.

"그렇진 않았지만 그때는 아버지, 어머니가 퍽 걱정을 하셨단다."

하지만 나는 그때를 되풀이 생각하고 싶지가 않았다.

나는 석기의 얘기에 진지하게 고개를 끄덕였다.

"여러 가지 일을 많이 해봤니? 힘들지는 않았어?"

그는 어깨를 껴안거나 손을 잡아주고 싶은 충동을 참으면서 먼지도 없는 블라우스의 어깨를 손으로 쓸어냈다.

"그럼요. 힘든 일이 너무 많았죠. 하지만 나는 무슨 일에도 후회하지는 않았어요. 언제나 나로서는 그럴 수밖에 없었으니까요."

나는 아버지 시대의 지난 얘기는 하지 않으려 노력했다. 그것은 석기오빠의 과거가 딸려 나오기 때문에 애써 피하려 했고, 다만 나의 생활에 관해서만 얘기하고 싶었다. 석기오빠는 진지하면서도 주의 깊게 호기심을 가지고 들어주었다.

"너는 어릴 때도 옆에 있으면 이야기가 쉴새 없이 물 흐르듯 흘러나와서 시간 가는 줄 모르게 재미있고 유쾌했단다. 그래서 혼이 난 적도 있었지."

나는 동네 어른들과 집안 어른들께 인사를 다녔다.

그 가족들은 다시 돌아온 나로부터 뭔가를 알아내려는 듯이 나를 지켜보며 나의 표정을 살피기도 했다.

"어릴 때 자란 고향은 어디나 할 것 없이 아름답고 정다운 곳인데, 향수에 젖을 때는 없었니?"

"네, 그런 때가 많았어요. 힘들 때는 생각이 더 많이 났어요."

우리들은 천천히 집으로 돌아왔다. 석기는 밭이랑에 피어 있는 들꽃을 꺾어 내게 주었다.

그제야 비로소 나는 오랫동안 들꽃을 보지 못했구나 하는 느낌이 들었다. 옛날 사랑하는 사람에게 절벽의 꽃을 꺾어준다는 얘기책을 읽고 석기에게 언덕 꼭대기나 연못 돌틈에 핀 꽃을 꺾어달라고 조르던 기억이 났다.

그러면 석기는 조심스럽게 다가가서 긴 팔을 뻗쳐 그 꽃을 꺾어다 주었다.
나는 풀 속에 가려져 있는 작고 노란 예쁜 꽃을 찾아 머리핀에 꽂아
보았다. 그 꽃은 나로 하여금 학생시절의 소풍과 학예회를 생각나게 했다.
석기오빠는 그 옛날이 몹시도 그립고 친밀하게 나에게로 되돌아온다는
것을 알았다.

찔레꽃이 핀 돌담길을 걷는 일은 언제나 즐거웠다. 속삭이는 것 같은
달빛을 받으며.

그날 밤 나는 너무 무덥고 마음이 초조해서 잠을 이룰 수가 없었다. 넓은
구름 사이로 이지러지기 시작한 달이 창백하게 떠 있었고 귀뚜라미가
울었다.

양심의 가책을 받으면서도 부모님께 반항심을 품고 집을 몰래 빠져나가던
옛날 일이 새삼 그리워졌다. 오랫동안 잠자코 있던 혼을 밑바닥으로부터
뒤흔드는 신비스러운 일은 가끔 있는 법이다.

나는 타향 사람이 되어 변화 많은 여러 가지 일을 자주 경험해 보기는
했지만 그동안 마치 한 번도 고향을 떠난 적이 없는 사람처럼 모든 것에
익숙해져서 오랫동안 완전히 잊어버리고 있던 사람들에 대해 흥미를
갖기도 했다. 보이지 않는 사람의 소식까지도 골고루 물어보았다.

저녁에 나는 석기오빠와 종식이와 함께 반주를 곁들여 식사를 할 때가
많았다.

나는 나의 생활을 밝은 면만 이야기하며 또 이후의 계획에 대해서도

설명하기도 했다. 석기는 자신이 신앙을 갖던 때를 기억했는지 신앙에 대해 얘기하려 했다. 그는 내가 신앙을 얻으려면 나를 설득시킬 만한 사람이 출현하지 않으면 안된다고 주장했다.

"아마도 너를 설득시킬 사람은 없을 거야. 하지만 신앙이 없이는 이 세상을 살지 못한다는 것을 너도 차츰 알게 될 거야. 지식이란 아무 소용없는 거란다. 유식한 사람은 그 지식이 별로 소용없다는 깃을 알아야 해. 사람에게는 신앙과 마음의 안식이 필요한 거란다. 그러기 위해서는 교수한테 가는 것보다 하나님께 가는 편이 훨씬 낫지. 이러한 말로 너를 설득할 수 없다는 건 잘 알고 있지만 신앙이란 사랑과 달라서 이성에 매인 게 아니란다. 사람이 이성으로만 행복할 수 없다는 것을 너도 언젠가는 알게 될 거야. 그러한 때 믿음과 위안이 될 만한 것은 무엇이든지 원하게 될 거다. 그때 내 얘기들이 생각날 거야."

나는 이미 겪으면서 알고 있었지만 전혀 그렇지 않은 것처럼 무심히 들어넘겼다. 그동안 살아오면서 내가 얼마나 간절히 신의 힘을 바라며 기도할 때가 많았는지 아무도 모를 것이다.

현실을 초월한 것 같은 석기오빠의 편안한 얼굴을 보면서 종식이 술기운을 빌려 대든다.

"삼촌은 가슴속에 다른 사람을 품고 살면서 그것은 하나님께 죄가 되는 게 아닌가요? 죽을 때까지 말 한 마디도 못하시면서."

종식은 술잔에 남은 술을 난폭하게 털어마시고 다시 따르려 했다. 석기는 삼촌답게 정색을 하고 술잔을 뺏어 버렸다.

"야! 너 취했구나. 쓸데없는 소리를 다 하는 것을 보니."

"삼촌은 제가 아직 철없는 아이인 줄 알고 계시나봐요. 그게 문제지요. 주인집 아씨를 사랑한 순애보란 그런 건가요? 그럼, 지금 있는 숙모는 뭔가요?"

석기는 돌발적인 종식의 말에 움찔했지만 잠자코 풀을 뜯고 있었다. 나는 주변을 돌아보았다. 아무도 없는 것을 알면서.

"저는 옛날부터 다 알았어요. 누가 방앗간집 딸 얘기 할 때마다 삼촌은 듣기 싫어하고 싸움했죠. 그리고 그 지갑 속에 춤추는 여학생 사진은 누구예요? 여기 계신 아가씨 아닌가요?"

하면서 나를 가리킨다. 종식은 석기의 무서운 얼굴을 보다말고 어둠이 짙어오는 하늘을 올려다보았다.

그날 밤 잠자리에 들어서도 나는 오랫동안 잠을 이루지 못한 채 여러 가지 생각에 잠겼다. 지난 일들이 가슴속에 뭉클한 아픔이 되어 석기의 얼굴로 떠올랐다. 넓은 가슴과 억센 손길들이 느껴지기도 했다. 순간 나의 지조 없음을 깨닫자 나는 몹시 부끄러웠다.

그후 내 마음속에 아늑한 품속 같은 그 고향을 잊으려 한 사건은 석기오빠의 죽음을 전해들은 다음이다. 갑작스런 죽음이라 했지만 몸을 돌보지 않는 성격이 병을 키운 것이라고 나 혼자 단정지었다. 그 충격은 오랫동안 나를 에워싸고 슬픔에 잠기게 했으며 그 전의 상처까지 몰고 와 내가 자란 남쪽 고향을 잊어버리게 했다.

부모님 다음으로 나를 지켜주고 나를 믿어주던 그 오빠의 죽음은 나로 하여금 고향의 향기로움을 아픔으로 바꾸어 버렸고 회색빛으로 가라앉은 그곳을 잊어버리려 애쓰게 만들었다.

나는 그곳의 공기를 사랑한다
--후기를 대신하여

나는 그곳의 공기를 사랑한다. 그 동네의 하늘을 사랑한다. 그 동네를 돌고 도는 골목길을 좋아한다. 그 길은 거만한 사람이 제멋대로 다녀도 폼 나고 어울린다.

나는 그 동네의 모든 경치를 좋아한다. 그 동네를 거니는 사람들은 대개 이름나 있는 예술가이다. 설사 아니더라도 예술가처럼 보인다. 나는 마로니에 공원을 더욱 사랑한다. 그 공원에는 여느 공원과 달리 소중한 역사가 있고, 자존심과 격이 배어 있다. 우리나라에서 제일 크고 귀한 마로니에나무가 고목으로 서 있으며, 가장 샛노란 은행나무도 고목이 되어 아름답게 계절을 나타내준다. 그보다 더 소중한 것은 마로니에 공원은 옛 서울대학교의 터전으로, 최고의 인격과 예술과 학문과 멋과 낭만과 추억을 생산했고, 그 품으로 모든 것을 가득 안고 있다.

그곳에는 압구정동의 로데오나 화려한 도시의 길목처럼 현란함과 분주함이 없다. 무광의 색조며 흑백과 파스텔조의 허름한 색상들 모두가 예술이다.

그곳의 공기는 자유롭고 편안하다. 지나는 사람들의 머리가 제멋대로 자유롭다. 어깨길이로 흘러내린 머리, 묶은 머리, 짧게 깎아 버린 머리, 헝클어진 머리. 그러나 그 얼굴들은 순하고 아이들처럼 천진스러워 보이기도 하고 때로는 바보 같기도 하다.

그 눈들은 맑게 빛나고 있으며, 깊은 우수가 깃들여 있다. 그들은 모두가 가난해 보인다. 여위어 있고, 고상하고 깊은 자존심이 스며 있다.

봄이면 멋을 부린 여자들이 화사한 색깔의 옷을 제일 먼저 꺼내 입고 미술관을 찾아와 아름다운 작품을 여유있게 감상한다. 큰 유리창으로 밖이 내다보이는 찻집에서 뜨거운 커피를 마시며 앞마당 마로니에 나무 밑으로 한가로이 놀고 있는 비둘기를 내다보며 또 다른 자기를 발견하려 애쓴다.

우아한 붉은 벽돌의 대극장에서 연극을 관람한 후 프로그램을 말아쥐고, 하루의 행복에 취한 채로 저녁시간 전에 집으로 돌아간다. 문학과 예술을 사랑하는 지식인들도 그 동네를 맴돈다. 소주와 빈대떡을 즐기며, 못다 한 한때의 꿈과 낭만을 씹으며, 그 시대의 문학과 예술을 비판하고 자신의 처지를 불만으로 터뜨리기도 한다.

여름 방학이 시작되고 마로니에 나뭇잎이 녹음으로 우거져 하늘을 가릴 때, 쭉쭉 뻗은 팔다리를 드러낸 청초하고 발랄하고 귀여운 여대생들이 쏟아져나온다. 카페마다 젊은 남녀 대학생들이 몰려들어 미팅을 하고, 젊고 싱그러운 활기와 술렁거림을 풀어낸다.

마로니에의 넓고 푸른 잎 사이로 아름답고 맑은 하늘에 달빛이 가득하며

공원의 조명등이 하나둘씩 동화의 세계처럼 켜지고, 야외 파라솔에 앉은

연인들은 젊음과 행복을 발산하며 미래의 희망과 꿈에 젖어 생맥주 잔을

기울인다.

고사리손을 이끌고 어린이연극을 보러 나온 젊은 부부들은 모처럼 아이가

원하는 피자나 돈가스로 외식을 즐긴다.

황혼이 질 무렵이면 얼굴들이 낯익고 TV에서도 가끔 볼 수 있는 인사들이

중후한 멋을 풍기며 모여들고, 사업에 성공해서 좋은 차를 타고 내리는

50줄의 중년 남자들이 자기 모교의 자리에 들어서 있는(대체로 서울

법대·문리대·의대) 마로니에에서 술잔을 기울이며 추억에 젖어 창피한

줄도 모르고 20대 청소년으로 돌아가 까까머리 때를 회상하며 착각 속에

빠져 그대로 개구쟁이 행세를 할 수 있는 곳이기도 하다.

가을이 제일 먼저 찾아오는 마로니에 공원의 샛노란 은행잎은 하늘을

가득히 덮어씌운 채 바람의 노래따라 노란 꽃들이 춤추며 눈 내리듯

떨어진다.

공원 벤치에 앉아 어깨를 껴안고 미래를 언약하며 추억을 만들어가는

젊은 연인들, 가버린 추억을 그리워하며 시름없이 생각에 잠겨 벤치에

앉아 있는 여자, 바싹 마른 몸에 꾀죄죄한 양복을 걸쳐입고 어깨를

늘어뜨린 채 초점을 잃고 한없이 앉아 있는 슬프고 고독한 남자, 은행잎이

노랗게 물들 때마다 창가 자리를 찾아 커피 잔을 앞에 놓고 생각에 잠기는

여자, 시인처럼 글을 쓰는 여자, 장성한 아들과 딸들을 앞세우고 그 옛날 연애하던 자리에 되돌아와서 과거를 되새기며 으스대는 중년부부들.

첫눈이 내릴 때면 약속한 연인들과 약속 없는 사람들의 발길이 모여들어 웅성거리는 그 거리, 윗동네의 강아지도 내려와 공원에서 뛰놀며 사람들과 합류하는 곳. 비가 내리면 우산을 쓰고 추억에 잠겨서 그 골목길을 거닐거나 칵테일 잔을 앞에 두고 내리는 빗소리를 들으며 사랑의 눈길을 확인하는 연인들.

봄, 여름, 가을, 겨울을 제일 먼저 가져다 선물하는 마로니에 공원. 나는 그 모든 것을 내 가슴처럼 내 영혼처럼 사랑하고 빠져 있었다.

마로니에 공원은 한 시대의 획이 그어질 때마다, 그 장을 넘길 때마다 젊은이들의 피가 끓어오를 때 그곳에서 같이 숨쉬며 터져나오는 최루탄 가스를 같이 마시며 눈물 흘리면서 지켜주었던 곳이다.

젊은이들이 최루탄 연기를 피해 다닐 때도 데모대가 쫓기며 몰려올 때도 어느 한 집 문을 닫거나 잠그지 않은 채 그들을 맞이하고 받아들였다. 새로이 시작되는 역사에도 제일 먼저 그 젊은 혼을 불어넣어 주었으며 그 의지를 키워주었다.

이 시대의 화가들이 빠짐없이 모여들던 미술회관 전시실과 이 시대의 가장 좋은 작품들과 연극인이 다 모여들었던 문예회관 대극장, 골목길을 흘러다니던 시인 · 소설가 · 무용가 · 음악가 · 연극인 · 화가 등 세계 어느 시대 어느 곳에 이렇게 많은 예술가들이 한 곳에 모여들었던 동네가 있었을까. 그들은 세상에 순응하지 못하고 자신의 고귀한 이상에 따라 가능한 한 대폭 개조하려는 위대한 인간답게 예술의 정신에 흠뻑 젖어 있었다.

예술의 고귀함과 품위와 안목은 믿기 어려울 정도로 날카로워지고, 무한한 가능성을 훔쳐보고 접착시켜도 보는 동네. 그 모든 공간들은 커다란 종합예술학교이다. 미술, 음악, 연극, 문학 등 서로가 각자의 지식에 보잘것없는 재능이 연마되고 성숙될 수 있는 곳이기도 하다. 그곳은 창조에 대한 갈망과 고뇌, 버둥거림과 걸음마가 새로이 시작되는 곳이기도 하다.

이 세계에서 누구의 구애도 받지 않는 자유분방한 연출과 흉내도 낼 수 있는 젊은 시절의 약속도 되살아나는 곳이다. 자기의 초상화를 그리게 해서 자기와 꼭 닮은 모습을 볼 수도 있고 닮지 않은 모습을 보고 실망하기도 한다.

이 세상에서 오직 동숭동과 마로니에 거리에만 숨쉬는 공기가 흐르고 있는 것이다.

"저는 이곳에서 마치 물 속을 노니는 물고기처럼 살았습니다. 여기는 사색을 방해하는 것이 없습니다. 사랑하는 사람과 행복을 나누어 갖는 곳입니다. 아침저녁 약간 안개가 질 뿐 공원의 공기는 맑고 밝고 깨끗합니다. 내가 창가에 앉는 것은 글을 쓰기 위해서가 아니고 쓸 수밖에 없는 충동 때문입니다."

낡은 갈색 바바리 코트의 깃을 세운 채 사색하면서 천천히 골목길을 걷는 소설가, 검정 실크 롱코트를 입고 생머리를 틀어올린 목선이 길고 가녀린 무용가, 카키색 사파리를 입고 양손을 포켓에 찌른 채 베레모를 쓴 화가, 군복을 물들여 입고 빛바랜 검은 잠바를 걸친 추워 보이는 연극배우 등 가난이 뚝뚝 떨어지는데도 보는 것만으로도 기분이 좋아지는 신선한 느낌의 그들.

선후배가 우연히 마주치기도 하는 골목, 보고 싶은 사람과 술잔을 기울이기 좋은 동네이다. 연극배우가 되겠다고 몇 날 몇 달을 다방 구석에서 누군가를 기다리며 죽치고 있는 연극배우 지망생들, 아침저녁으로 엷은 안개가 낄 때면 마로니에 공원의 아름다운 나무들과 강아지와 붉은 벽돌의 침묵과 졸리는 비둘기들의 게으른 걸음들, 실루엣으로 움직이는 사람들까지도 사색에 잠기게 한다.

그곳에선 누구나 자연을 사색할 충동을 느낀다. 무언가를 창출해 내는 곳, 자기의 감수성을 십분 발휘하는 곳. 그곳은 자연스러운 사교 장소, 멋진 나무 아래 벤치에서 감수성으로 자연을 바라보게 되고 그것이 마련하는 아름다움을 향해 마음을 더욱 활짝 열게 되는 곳이다.

나는 이렇듯이 젊은이들의 병을 항상 앓고 있었다. 그러나 나는 즐기는 것 이상으로 열심히 일을 했고, 여전히 노력하는 인간으로 남아 있을 것이다. 그 모든 영혼의 양식을 먹고 숨쉬는 가난한 예술가들의 가슴을 쓸어내리고 채워주기도 하던 그곳을 이제 우리는 내주어야 할 것 같다.

이제 동숭동과 마로니에 공원의 여유로움과 평화가 바꾸어지고 있으며,
골목들과 공원을 가득 메운 인파도 미술관도 극장도 또 다른 색채의
공기에 취해 가고 있다.

점잖게 제자리에서 그 자태를 자랑하던 마로니에와 은행나무도, 복사꽃
나무들도, 남아 있는 골수파의 독선과 고집도 낮설게 흔들어대는 율동과
내뱉는 소음과 쏟아지는 젊은 무리들의 숨결과 튀기고 구워내는 냄새에
밀리며 그 자유와 오만과 고고함에서 도망치듯이 쫓겨가고 있는 것이다.
그 동네를 거닐 수 있는 그 자체만으로도 자기 멋에 빠져 충분히 즐기던
그 골목길을 이제는 인파에 밀려 어깨를 좁힌 채 눈치보며 옆길로
비켜주며 걸어야 한다. 빨강, 노랑, 파랑, 보라색의 머리들이 나풀거리며
거리를 활보하며 흘러다닌다.

끌고 다니던 고물차를 데리고 올 수도 없다. 차를 세울 곳도 주차장도
모자란다. 작고 앙증맞은 새 차로부터 번쩍이는 스포츠카, 요란한 장식의
지프차에서 내리는 젊은 연인들이 어깨를 펴고 거리를 누빈다.

그 윗세대 어른들은 기죽고 초라하다. 눈에 띄는 어른들은 이상한
나라에서 온 인간처럼 움츠리며 발걸음이 빨라진다. 이제는 그 동네에서
누구를 만나게 될 것인가 하는 설렘도 없어졌다. 뿔뿔이 흩어져 선배도
후배도 가까운 친구도 요행으로 부닥칠 기회도 없어졌다.

미술관의 관람객이 줄어들었다. 큰맘먹고 전시장에 들러보지만 분위기가
옛날같이 편하지 않다. 골목으로 공원으로 청소년들이 들끓는다.

아들 친구, 딸 친구, 손자 친구들까지도 활개를 치는 곳에서 어른들은 마주치면 쑥스럽다. '저 어른이 여기 왜 왔을까' 하며 아이들이 의아해 하고 불편해 할지도 모르기 때문이다.

연극은 가슴이 허전하고 외로울 때, 자기를 찾고 싶을 때 보러 가는 것이다. 이제는 연극을 보면서 편안하고 우아한 기분에 젖어드는 행복한 여유로움이 없다. 불이 켜지면 그 자리가 괜히 불안하고 송구스럽다. 어른들이 와준 것이 민망스럽기도 하다.

은행잎이 흩어져 내리든 복사꽃이 피고지든 눈꽃이 떨어지든 아이들은 그것들과는 무관하다. 아이들은 모여 춤추고 HOT나 젝스키스의 노래와 춤과 그 기막힌 묘기를 따라하고 구경꾼이 모여들고, 누구나 군중이고 모두가 연기자고 춤꾼이다.

실직자는 공원에서 소주병을 쳐들고 취해서 잠들고, 갈 곳 없는 노숙자는 벤치에 누워 잠을 자고 있다. 어디를 둘러봐도 소음 속에서 모든 것이 변해 가고 흔들거리고 있다.

그 동네의 골목길은 카페나 레스토랑으로 연결되었고, 젊은이들이 뿜어내는 열기와 담배연기와 충동과 호기심을 안고 북적거린다.

혹시라도 어른들의 모습이 창문으로 비쳐지면 그곳은 이내 조용해진다. 젊은이들이 다른 곳으로 옮겨가기 때문이다.

석양 무렵부터 모여들기 시작한 청소년들의 놀이마당은 그 당시 유행하는 춤과 노래로 모두가 흔들린다. 그 젊은 청소년들에겐 아직 낭만과 정서와 문학과 예술은 밀쳐 놓은 훗날의 숙제일 뿐이다. 다만 춤추고 놀 수 있는 자기들만의 공간이 필요한 것이다.

그 열기의 분출은 지금까지 그곳에 쌓인 역사와 고여 있고 머물러 있는 수많은 영혼의 흔적들이 과거로 밀려나고 젊고 싱그러운 열기가 풋풋하게 밀물처럼 몰고 온 것이다.

그 많은 사건과 사연과 추억과 감동할 울림들이 가쁜 숨결과 함께 빠르게 튀고 예측할 수 없는 미래의 변화된 세계 속으로 빠져들어가고 있는 것이다.

이제는 그 모든 추억들이 한 조각의 과거 속으로 간직되어 있을 것이다. 샘터 빌딩 유리창 안으로 보여지곤 하던, 한 시대를 움직이고 흔적을 남겨 놓기도 했던 낯익은 중추들의 사랑방도 그 자취를 감추고, 대학로의 시작과 역사를 지키던 그들의 모습도 흔적을 감추어 버렸다.

서울대학병원의 인턴이나 레지던트들의 데이트 장소이며, 꾀병 앓는 환자들이 뒷문으로 빠져나와 자주 찾던 양식집 '오감도'도 그 옛모습이 사라지고 과거 속으로 스러졌다.

마로니에 공원의 '마로니에'는 이 나라의 모든 문화예술인들이 빠짐없이 거쳐가고 머물던 곳이다. 마로니에를 아끼고 사랑하지 않은 예술인이 거의 없었지만, 사랑과 우정을 생각해 주던 곳, 그 행복을 더욱 크게 향유할 유쾌함도 얻을 수 있던 곳은 이제 또 다른 역사의 시작을 위해 과거 속으로 흘러갈 것이다. 홀대당한다고 불평을 하기보다는 좀더 좋은 세상으로 첫발을 내딛는 젊은 어린 영혼들에게 그 자리를 비켜줄 뿐이다.

그것은 엄청난 보물을 내포한 과거의 역사까지도 상속해 주는 것이다.

그러나 우리는 커다란 혐오감을 갖고 그곳을 떠나지 않는다. 나는 마로니에에서 늘 행복했고 나의 즐거움은 나날이 커져갔다. 떠나야 하는 것이 다소 슬프긴 하지만 다른 한편으로는 그곳의 공기를 마시며 충분히(20여 년) 머무르면서 나의 목표를 달성할 수 있었기에 커다란 위안이 되기도 했다.

나 자신은 언제나 불행한 그 무엇과 연루되어 있다는 불안감을 안고 있었지만, 그곳은 휴식을 취하는 곳이기도 했다.

또다시 그곳의 역사는 흘러가겠지만 이 시대의 모든 가슴에 남겨준 그 큰 영상과 추억들은 모두의 가슴에 흔적으로 가지고 갈 것들이다.

나는 그 많은 축복과 소중한 사람들을 만날 수 있게 해준 하느님의 은총에 무엇으로도 갚을 수 없는 깊은 감사를 드린다.